Chara

催淫姫

西野 花

キャラ文庫

この作品はフィクションです。
実在の人物・団体・事件などにはいっさい関係ありません。

目次

口絵・本文イラスト／古澤エノ

催淫姫

「目を閉じて」

穏やかで優しい声に指示されて、その通りにする。

それが誰の声なのか知っているはずなのに、疲弊した精神は声の主が誰なのかうまく認識してはくれなかった。

「大丈夫だよ。すぐ楽になる」

子供の頃、とてもお腹《なか》が痛くなって病院に担ぎ込まれた時、見てくれたお医者さんと同じ言葉をかけられる。あの時は注射を打たれたら痛みがどこかへ飛んでいってしまったようだった。

それじゃあ、このぐちゃぐちゃになってしまったような俺の中身も、ちゃんと治るのだろうか。

こめかみに温かい指が触れる。それは心地よかった。

「ゆっくり数を数えて。力を抜いてごらん。倒れても支えてあげるから」

「――――」

十まで数を数えた時、身体《からだ》がふっと軽くなったような気がした。宙に浮いているような気もするけど、触れている指の感触だけは残っている。

（流れていく）

まるで綺麗《きれい》な小川が流れるように、姫之《ひめゆき》の痛みが流れていった。さらさら、さらさらと、水が流れていく。

遠くで扉が閉まる音が聞こえた。

姫之は真っ白い空間の中を落ちていき、やがて何もわからなくなった。

五月の連休が終わってすぐに開かれた合コンでは、大学三年生になったばかりの学生達が和《わ》気藹々《きあいあい》と酒を酌み交わしていた。

「――平君《たいら》て、彼女いるの？」

「……え？」

グラスに口をつけていた顔を上げて、平姫之は目の前に座る他大学の女子を見た。緩やかにウェーブした茶色の髪が肩にかかり、着ている白いワンピースによく映えていた。彼女は瞳をきらきらさせ、姫之に対し好意的な眼差《まなざ》しを向けている。

「いや、いないけど」

「嘘《うそ》、絶対モテそう！」

甲高い声がピンク色に艶めいた唇から漏れた。姫之は思わず苦笑して、彼女から目を逸《そ》らす。

自分は何故《なぜ》こんなところにいるんだろう。

数合わせに、半ば強引に連れてこられた合コンだったが、さっきからひどく退屈している自分を持て余していた。客観的に見て、今日来ている女の子達はどの子もみんな可愛《かわい》い。気合いの入ったメイクと服を纏《まと》い、相手を見定めていた。みんな真剣なのだ。少なくとも、自分よりは。

「ああー、ごめんね。こいつほんと、顔だけだから」

横から幹事を務めている宮田《みやた》が姫之の肩をぐい、と抱き寄せる。その馴《な》れ馴れしさに、思わず眉根が寄った。

「このツラだからさ、モテると思うっしょ？　けど全然ダメ。今日も数合わせで無理やり来てもらったんだから。他のにしときな。俺とかどう？」

「ええー、うそぉ⁉」

「もしかして、ゲイとか？」

「そういうわけじゃないと思うけど」

姫之は無理に笑いながら答えた。

「ただ、今は他の人とつき合うとか考えられなくて。こういうとこに来といて言うことじゃないと思うけど」

「ほんとだよ。お前、俺の立場も考えろよ」

「ごめん」

場を盛り上げようとする宮田に、姫之は謝る。だったら最初から誘わなければいいのに、と思いながら。

姫之はどういうわけか、この年頃なら当然と思われている、異性に対する興味というものが極端に薄い。今この場にいる女の子達に対しても、普通に可愛いと思うし、友達としてならつき合えると思うのだが、男女のつき合いとなると、多分ダメだ。それは以前に何度か経験している。

「ゲイでも大丈夫だよ。あたしそういうの理解あるし」

「マジで？　腐女子ってやつ？」

彼女の友人が、茶化すように口を挟む。

「なにそれ。違くって。平君みたいに綺麗な子なら、そういうのでも許せるなって思っただけだって」

「それが腐女子だって」

笑い声がどっと上がった。姫之は作り笑いを浮かべながら、この退屈でいたたまれない時間が一刻も早く過ぎてくれるのを待つしかなかった。

ようやく一次会が終わり、姫之はほうほうの体で店を出る。いくつかのカップルができ上がり、彼らは彼らで別の場所に移動していた。姫之は連絡先を聞かれてもやんわりと断り、足早にその場を立ち去る。

（やっぱり、来るんじゃなかった）

あれでは自分もつまらないし、出会いを求めて来た女の子達にも失礼だ。今度から、いくら誘われても合コンだけは参加しないようにしよう。そう思って駅へ歩いて行こうとした時だった。

「――――ねえ、ちょっと」

ふいに声をかけられて、姫之は振り返る。そこには一人の男が立っていた。確か、合コンのテーブルの中にいた顔だ。

「俺、高橋《たかはし》っていうんだけど、あんまり話せてなかったよね」

彼もまた、テーブルの隅で大人しく杯を重ねていた印象があった。女の子達から見たら、今日のメンバーは不作だったと、後で言われるかもしれない。

「あのさ」

彼は姫之に唐突に言った。

「女、ダメなの?」

「……駄目っていうか」

姫之は困ったように笑う。駄目ではなくてその気が起こらないのだ。それなのに、姫之の容姿は人を惹《ひ》きつけるものがあるようで、大学に入った当初はひっきりなしに誘いがあった。

「今はその気が起こらないっていうか――――」

「俺じゃ駄目?」

高橋の言葉に、姫之は虚をつかれる。

「平さ、多分、男が好きなんだよ。俺もだけど。だから、一度試してみないか?」

「――――」

その日も、姫之は疲れていた。羨ましいほどの見た目をしているのに、どうして異性に興味が持てないんだとさんざんにいじられ、その度に愛想笑いをしていた。いっそ男が好きなんだと言えればすっきりしたのに。

だが姫之は、同性とはつき合った経験がまだなかった。

「……試す?」

「そう。俺、うまいぜ」

高橋がにやりと笑う。もしかしたら、同性とならうまくいくのだろうか。

「……いいよ」

今となっては、どうしてそんな返事をしてしまったのかよくわからない。多分、少し投げやりになっていたのかもしれなかった。

「マジかよ。じゃ、行こうぜ」

高橋が姫之の肩を抱く。その感触にやはり違和感を覚えたが、彼はホテル街のほうへと足を向けていった。

「さあ、入ろうか」

肩に回された手にぐっ、と力が籠もる。目の前にあるのは、ラブホテルと呼ばれる建物だった。

姫之は、自分の足がそこから動かなくなっているのに気づいた。何かに縫い止められてしまったかのように、一歩も進めない。

——やっぱり駄目だ。

こんなことをしても、何もならない。そんなことはわかっていたはずなのに。

「…ごめん。やっぱり無理だ」

「あ?」

「君とここに入ることはできない。帰る」

姫之にそう告げられた高橋は一瞬きょとんとした後、あからさまに気分を害したような表情を浮かべた。

「何言ってんだよ今更。ほら、入るぞ」

姫之の腕が強い力で摑《つか》まれる。それに抵抗してふんばると、高橋はますますむきになったように腕を引っ張った。

「来いって、ほら——」

「嫌だ！」

ぐいぐいと引き寄せられて、姫之の身体が建物に近づいていく。どうしても嫌だ。あそこに入りたくない。声をかけられた時は、もしかしたらできるかもしれないと思ったが、いざ目の前にしてみると、やっぱり駄目だった。

この建物の中に入った後、自分が行うであろう行為を想像すると、何故だか足が竦《すく》んでしまう。得体の知れない怖さを感じてしまう。それは高橋がどうこうという問題ではなくて、自分の中にあるような気がした。

「ごめん、本当に無理だ。放してくれ」

「今更遅《おせ》えんだよ」

姫之が謝って宥《なだ》めても、高橋はもうすっかりその気になってしまったのか、姫之の腕を放そうとしなかった。男の指が腕に食い込む。その痛みに、姫之は整った顔を顰《しか》めた。

「――放してあげなさい。嫌がっているじゃないか」

背後からかけられた声に、姫之は思わず振り返る。そこには背の高い男が立っていた。高級そうなスーツを嫌みなく着こなし、ネクタイをしていないシャツの首元が開いている。

「なんだお前。関係ねえ奴《やつ》はすっこんでろ」

「それが、関係なくはなくてね」

彼はつかつかと近づいてくると、姫之の腕を掴んでいる男の腕を捻《ひね》り上げた。

「うわっ！」

高橋の手が姫之の腕から離れる。

「いてっ…！　くそっ、いてえっ！　放せよっ！」

「大人しく帰ることだな。でないと怪我《けが》をするぞ」

「わ、わかった…、わかったよ！」

高橋がそう言うと、その腕が放された。唐突に解放されて、痛そうに捻られた腕をさすっている。

「ちくしょう…！　ふざけんな！」

威勢のいい悪態をついたものの、彼は踵《きびす》を返して走り出し、夜の町に消えていく。後には姫之を助けてくれた男と、姫之自身だけが残った。

「あの……、ありがとうございました」

男が去ったほうを厳しい表情で見ていた彼は、姫之に礼を言われ、ふっと表情を和らげた。その顔に、姫之はふと、どこか懐かしさを覚える。

「無事でよかった――――、姫ちゃん」

「えっ？」

姫之は背の高い男をじっと見上げた。そしてすぐに、彼が誰なのかに気づく。

「慧斗《けいと》兄さん⁉」

「よかった。覚えててくれたか。――久しぶりだね。姫ちゃん」

慧斗というその男は、姫之にとって、とても大事な存在のはずだった。どうして今の今まで忘れていたのだろうと思う。

「けど、どうして東京《とうきょう》に？　田舎から出てきたの？」

その問いに、慧斗はちょっと笑って、「家へ来ないか」と姫之に言った。


「こんなところに住んでたんだ」

慧斗が姫之をタクシーに乗せて連れてきたのは静かな住宅街にある低層マンションだった。二重のオートロックを抜けて辿《たど》り着いた部屋はシンプルでありながらもどこか落ち着いていて、姫之は感嘆の声を漏らす。広々としたリビングに通された姫之は、ふかふかとした弾力性のあるクッションに座ってあたりを見回した。

「慧斗兄さんが東京に出てきてたなんて、知らなかった」

「四年前に上京して起業したんだ」

輸入関係の仕事をしていると彼は言ったが、この部屋を見るに、成功しているのだろう。

慧斗は、姫之が子供の頃によく遊んでもらった昔馴染みである。姫之にとっては兄も等しかった。だが、そういった記憶を、姫之はたった今思い出したのだ。自分は慧斗に対し、好ましい感情を持っていた。それなのに、ホテルの前で助けてもらうまで、彼のことをすっかり忘れていたのだ。不思議なこともあるものだと思う。記憶の中に、黒い穴がぽっかりと開いているようだ。

「姫ちゃんに会いたかったよ。あそこで会えてよかった」

慧斗の言葉に、姫之は控えめに笑った。その呼び方をされるのは、ずいぶん久しぶりだ。

「言いたくないなら言わなくてもいいが——なんであんなところに？」

「……話、聞いてた？」

「聞こえたんだ」

姫之はため息をついてソファに座り直す。危ないところを救ってもらった以上、彼には話さなければならないだろう。

「……聞いても、嫌いにならない？」

「ならないよ。姫ちゃんのことは昔からよく知っている」

慧斗の優しい言葉が身体に染み渡るようで、姫之はぽつりぽつりと話し出した。

姫之は子供の頃はとある地方都市の、そのまた郊外の田舎といってもいい町に住んでいた。周りは山ばかりで、市街地に出るには車か、一日に十本も満たないバスに乗るしかない。

慧斗はその町で、大きな家に住んでいた。だが、古くからその町に住む住人達は、慧斗の家の人達と親睦を深めようとはしなかった。いわゆる村八分であるとか、そういったものではない。どちらかと言えば恐れているから近づかない――――、そんな感じだった。

だが、姫之は幼い頃から、その端田《はなだ》家の慧斗と仲がよかった。

きっかけは姫之が七歳の夏休み、町の西にある山の中で、虫取りをしているうちに迷ってしまい、日も暮れかかって途方に暮れていた時だった。

足元も次第に暗くなり、道もどこに続いているのかよくわからなくなっている。このまま闇雲に下っていけば、どこかに出るだろうか。恐怖に追い立てられ、姫之は足を止めることができなくなった。途中で何度か転んだが、泣けばもっと怖いことになると思い、痛む足を引きずってひたすら山を下りる。だがそんな姫之の目の前に現れたのは、不気味な日本家屋だった。

(――――幽霊屋敷だ)

建物の中には、人の気配がない。学校でも囁《ささや》かれている、端田の幽霊屋敷。そこに入った者は、呪い殺されるという噂《うわさ》。ここは、その端田の屋敷の敷地内だろう。幼い姫之の小さな身体に覆い被《かぶ》さってくるような屋敷の影。それまで耐えていた姫之の目に、大粒の涙が溢《あふ》れた。ぽろぽろと雫《しずく》を流しながら、姫之は啜《すす》り泣く。もうここから出られない。死んじゃうんだ。

疲れ切った足は凍り付いたように動かすことができなかった。姫之がしばらくそこで泣いていると、締め切っていた雨戸が音もなくすうっと開く。

「ひっ！」

姫之は弾《はじ》かれたように仰《の》け反ると、その場に尻餅をついた。とうとう現れた。屋敷の中を彷徨《さまよ》っている幽霊が、姫之を殺しに来たのだ。

心臓が全力疾走した後のように脈を打ち、姫之はああ、ああ、と喘《あえ》ぐ。もの凄《すご》く怖いのに、視線は開けられた雨戸から逸らすことができなかった。

その雨戸から姿を現したのは――――幽霊などではなかった。

「――――なんだ、誰だ？」

そこに現れたのは、若い男だった。まだ二十歳前後だろうか。白い半袖のシャツと、ジーンズを身につけていた。

そしてすらりと背の高い、そう、その時の姫之の語彙で言うのならば、とても『かっこいい』男の人だった。姫之の母親が夢中で見ているテレビドラマに出てくる俳優よりも、ずっと。

その人はしかめっ面でこちらを見ていたが、ふと姫之の脚に目を留める。

「傷だらけじゃないか」

「え……？」

「脚」

男の人は姫之の脚を指差す。見ると、木の枝や葉で傷つけたのか、赤い線のような傷が縦横無尽に走っていた。怖さのあまり、まったく気がつかなかったらしい。

「そんなところにいないで、こっちにおいで」

男の人が手招きする。さっきまでの得体の知れない恐怖は消えていた。けれど、その招きに応じてしまったら、どこか知らないところに連れて行かれそうな気がして、姫之は躊躇《ためら》う。

「――――仕方がないな」

男の人は廊下に出てきて、そこに置いてあった履き物を履いて庭に降りてくる。どこか陰鬱さを含んだ端整な顔立ちに見惚《みと》れた。

「ほら」

男の人が手を伸ばす。近くで見た男の人は、ちゃんと血が通った人間のように見えた。姫之はおずおずと右手を伸ばす。

「立てるか?」

握った手が、とても熱かったのを思い出した。

噂ではおどろおどろしく語られていた端田の屋敷だったが、実は幽霊屋敷ではなかった。

屋敷の奥にはちゃんと灯《あか》りがつけられており、生活が営まれている。

男の人は、自分の部屋らしきところに姫之を連れてきた。

「少し待ってくれ」

そう言うと彼は席を外す。姫之はこれ幸いとばかり、部屋の中を無遠慮に見回した。畳の部屋にはラグが敷かれ、ソファとテーブルもあり、普通に現代の家具が揃《そろ》っていた。壁際にはベッドもある。机の上には本や書類が積まれていて、彼がついさっきまでここに座って何かをしていたということがわかる。

姫之がその机に近づこうとした時、部屋の引き戸が開いた。

「そこに座って」

彼は救急箱と、ペットボトルのジュースを手にしている。姫之がソファに座ると、彼はペットボトルを姫之に渡した。

「山で迷ったんだろ？　喉渇いてないか？」

そう言われて、姫之は自分の喉が渇いていたことに気づく。ジュースを受け取ると、キャップを開けてごくごくと飲んだ。冷たいオレンジの味が身体中に広がって、生き返った気分がする。そして姫之は一息ついてから初めて自分の行儀の悪さに気づき、恥ずかしそうに肩を竦めて言った。

「あ…ありがとうございます。ごめんなさい」

男はそんな姫之を見て、おかしそうに笑う。すると、とても優しそうな顔になって、思わずどきどきした。

「脚、手当てするぞ」

姫之をソファに座らせた男の人は、自分は床に座り、脇に置いた救急箱を開けた。脱脂綿に消毒液を含ませて、姫之の傷にそっと当てる。

「……っ」

「染みるか?」

「だ…いじょうぶ、です」

ぴりぴりする痛みに姫之は耐えた。やがて傷口に薬が塗られ、絆創膏《ばんそうこう》が貼られる。

「これでいいぞ。よくがんばったな」

「あ、ありがとうございます」

「それ飲んだら、早く帰れ。こんなところにいたって知られたら、親御さん心配するぞ。なんたってここは、幽霊屋敷とか呪いの家だからな」

男の人は、自分の家がどう言われているのか知っているようだった。

「で、でも、違いますよね?」

迷っていた自分を家に上げてくれ、飲み物をくれて手当てもしてくれた。それに、目の前のこんなに素敵な男の人が、そんな禍々《まがまが》しいものを振りまく人だとは到底思えなかった。

だが、男の人は姫之の言葉に皮肉っぽい笑みを浮かべる。ああ、こんな顔もするのだと思った。

「……さあ。あながち間違いでもないかもな」

「え」

「冗談だよ。……名前は？」

「ひ、姫之…、平姫之です」

「姫之？　お姫様か」

「お姫様じゃないです！」

学校でよくそんなふうにからかわれていることを思い出し、姫之はむきになって抗議した。

「でも、可愛い名前じゃないか。姫ちゃんか」

唐突にそう呼ばれて、姫之はどきりとする。

「お兄さんは？」

「俺は慧斗」

「かっこいい名前」

「名前だけか？」

「う――――ううん」

姫之は首を振った。もちろん横に。

「慧斗兄さん、すごくかっこいいです」

そう告げた時、慧斗はどこか照れたように笑った。

結局その後、姫之は慧斗に送られて家に帰った。だが慧斗は姫之の家の側《そば》まで来ると、ここからは一人で帰れと手を放す。

「どうして？」

「送ったのが俺だとわかると、差し障りがある。わかるか？　都合がよくないってことだ」

「……わかんない」

「君も知っている通り、俺の家はこの町では少し煙たがられている。俺が君を送っていったら、君のお母さんが困ることになる」

その説明は、姫之には少し難しかったが、慧斗にとって都合がよくない、ということだけはわかった。姫之は渋々と慧斗から離れる。

「いい子だ」

彼の大きな掌《てのひら》が頭を撫《な》でていった。その感触が離れるのが惜しくて、姫之は思わず彼に告げる。

「また遊びにいってていい？」

すると慧斗はひどくびっくりしたような顔をした。

「俺の家に？　本気か？」

「うん、だって、お化け屋敷なんかじゃなかったもの」

あの家には、慧斗がいる。そう思うと、姫之にとってあの屋敷はもう、少しも怖い物ではなくなった。

「……だめ？」

それでも、彼の困惑した様子に、もしかしたら拒まれてしまうかもしれないと思った。今の姫之にとっては、そちらのほうがよっぽど怖かった。

「……仕方ないな」

慧斗は困ったように笑う。

「今日来たあの濡《ぬ》れ縁《えん》から入っておいで。鍵は開けておくから」

「うん！」

胸の中がぱあっと明るくなったような感じがした。またこの素敵な男に会える。そう思うだけで、姫之は嬉《うれ》しくてたまらない。

「さあ、早く行け」

「うん。またね――――、慧斗お兄ちゃん！」

「ああ、またな」

慧斗が片手を振る。それに振り返して、姫之は家の中に入っていった。

「どこ行ってたの、こんな遅くまで！　探しに行こうと思っていたのよ！」

姫之が帰宅すると、案の定母親に怖い顔で迎えられ、こってりと怒られてしまった。山に遊びに行って迷ったというところまでは正直に言ったが、端田家のことは黙っていた。

だが、手当てされた脚を見られ、端田家に行ったことがバレてしまう。「よりによってあの家に行くなんて」と母親は怒った。母の中に、どこか畏れのようなものを感じ取った姫之は、あの家には何か事情があるのだと子供心に思う。

それ以降、姫之はたびたび慧斗の家に遊びに行っている。彼は意外と、というのも何だが、とても話しやすくて、姫之は学校のことや家のことなどなんでも彼に話した。

ひとつ不思議だったのは、彼はその時十九歳くらいだったのだが、学校や仕事に行っている様子が見られなかったことだ。

「慧斗兄さんは、ずっとこの家にいるの？」

「ああ、たいていはな」

「仕事とか、学校とかは？」

「一応は大学生だ。通信系のだがな」

姫之にはよくわからなかったが、家にいながら大学の講義を受けられるというものらしい。

彼の両親はすでに亡くなっていて、この広い家には慧斗と、通いのお手伝いさんだけがいるそうだ。

「あと、仕事みたいなものならしている。家から受け継いだんだ」

「え、どんな仕事?」

「つまらない仕事さ」

彼はそれ以上教えてはくれなかった。姫之はなんとなく、立ち入れないものを感じて、それ以上は追及するのをやめた。無理に聞き出して、慧斗に嫌われたくはない。一人っ子の姫之にとって、彼は兄のようなものだった。慧斗に『姫ちゃん』と呼ばれる度に、夢心地になった。

姫之と慧斗はそんなふうにして交遊していたが、姫之が中学生の時、東京に引っ越してからはずっと会っていない。あの時は悲しかった。

(悲しかった――――?)

当時のことが、姫之はよく思い出せない。どうして忘れてしまっていたのだろう。

上京したての頃、姫之は田舎とのあまりの世界の違いに驚いて、東京での生活になかなか馴染めなかった。

姫之は細身の身体と、整った容姿を持っていた。すっきりした和風の顔立ちは品がよく、それでいてやや大きめの目はネコ科のいきものを思わせる。そんな姫之の容貌は都会の女の子達にも受けがよく、ひっきりなしに誘いの声がかかった。

そんな引く手あまたな姫之だったが、必ずしもうまくはいかなかった。告白されていざつき合うという段階になり、何度かデートを重ねても必ず振られてしまう。

『ねえ、私達つき合ってるんだよね？　友達だって思っているわけじゃないでしょう？』

相手の子には、必ずと言っていいほどそうなじられた。不思議に思っていたが、やっとその意味がわかった。

姫之は、相手とそれ以上どうこうしたいという欲求がない。

それどころか、多くの男が行うとされる自慰行為すらしたことがない。そんな自分が普通ではないと知り、調べてみたが、そういった性指向が存在するということがわかった。だが、それで納得するには、妙な違和感がある。

違う。俺のは、そういったものじゃない。

まるで性的な行為というものが分厚い壁の向こうにあるようだった。目の前で目隠しされ、その存在を認識できない。

気がついてしまうと、姫之はその違和感を無視できなくなった。自分はどこかおかしいのではないかと思ってしまう。姫之と破局した女の子達に大学内で謂《いわ》れのない噂を立てられ、女子学生には白い目で見られるようになった。

そして今夜、そのことをさんざん肴《さかな》にされた姫之は、ほとほと疲れ果て、やや自暴自棄になっていたのかもしれない。声をかけてきた高橋にあっさりと頷《うなず》き、ホテルの前まで来てしまった。

「――――でも、そこで怖くなった？」

慧斗の問いに、姫之は震えながら頷く。

姫之は、まだ慧斗に話していないことがあった。それは最近になって、度々見るようになった夢だ。

それは淫夢というものだった。

姫之は知らない男に抱かれ、夢の中ではっきりと快楽を感じていた。身体中を這《は》い回る舌と指に淫らな声を上げ、自分から脚を開いて男を受け入れる。そんな行為は現実でしたことがないというのに、身の内を突き上げる肉塊は姫之に強烈な快感を呼び起こさせた。

一度だけならば、妙な夢を見た、で終わらせることもできる。

だが、その夢が五回目を数える頃、姫之は自分がどこかおかしいのではと感じた。

カウンセリングでも、とちらりと考えたが、そうなると、自分が見ている夢をつぶさに話さなければならないだろう。そんなことをするのは恥ずかしすぎて、ずっと二の足を踏んでいた。

もちろん、今目の前にいる慧斗にも話すことはできない。そんな淫らな夢を見ていると知られたら、嫌われてしまうかもしれない。せっかくまた会えたというのに。

（――あれ）

姫之は小さな違和感に気づく。

そう言えば、あの夢の場所は、昔いた町だったかもしれない。

（どうして今、そんなことを思い出すんだろう）

古い記憶がすり切れた映像のように頭の中で浮き沈みして、思考が混濁する。いったいどうしたんだろう。強い不安感に、姫之は思わず掌で目を覆った。

「どうした？」

「わからない。なんか……頭が……」

町にいた頃の記憶が、ところどころ欠けている。記憶の混濁に、姫之は恐怖した。子供の頃、山で迷った時のように、心細くて怖い。

「無理しなくていい」

慧斗の腕が肩に回され、姫之は彼の胸の中に抱き込まれる。ふわりとした温かさに包まれて、恐怖が和らいだ。大丈夫。ここは安心できる場所だ。

「何も怖いことはないよ。何も」

慧斗に声をかけられると、どういうわけかひどく安心する。どうしてなんだろうと、知らない感情に胸を揺さぶられた。顔を上げると、彼の深い瞳と視線が合う。姫之のことを探るような目だった。

「――さあ、温かいものでも飲んで」

目の前に紅茶が置かれる。湯気が立って、いい香りが漂ってきた。

「それを飲んだら、送っていくよ」

「一人で帰れるよ」

「駄目だよ。またああいう奴に声をかけられたら大変だ。姫ちゃんは可愛いんだから」

慧斗の言葉に、姫之は赤面した。これまで女の子に甘い言葉をかけられても凪《な》いだ湖面のようだった姫之の胸が、今は強い風に吹かれたように波打っている。だがその感覚は、嫌じゃなく、むしろ心地いいものだった。

「じゃあ、おやすみ」

「おやすみなさい。送ってくれてありがとう」

「また連絡するよ」

慧斗は姫之を車で送ってくれた。アパートの前で降ろしてくれると、そう言い残して去って行く。

（また連絡するって）

そう言われて、思わず高揚するのを感じた。軽い足取りで階段を上ると、部屋に入り、そのままベッドに横たわる。

（慧斗兄さん）

会えて嬉しいと素直に思った。味気なかった、平穏だが霧に覆われたような世界に、一筋の陽《ひ》の光が差してきたようにも感じる。

懐かしいのに、どこか鮮烈な彼の印象。

（本当に、どうして忘れていたんだろう）

次第に重くなってきた瞼《まぶた》に誘われるように、姫之は眠りの中へと落ちていった。

目の前には広い庭が広がり、その先には鬱蒼《うっそう》とした樹木が生えている。この場所には覚えがある。ここは、慧斗の家だ。その縁側で、姫之は慧斗と共にいた。彼の膝の間に挟まり、慧斗は姫之を後ろから抱くように座っている。

（あたたかい）

慧斗と触れ合っていると、安心できた。ここは自分を解放してもいい場所なのだ。

彼の手が姫之の髪を撫でている。優しく、柔らかなその手つきに、自然とため息が漏れる。

「――姫ちゃん」

「んん……？」

そっと呼ばれて、姫之も低く答えた。それはまるで秘密を囁き合っているようにも思えた。

「可愛い」

慧斗の手が、姫之の肩をさすり、腕を通ってゆっくりと太腿《ふともも》まで下りていった。何かを確かめるように、ゆっくりと、まるで壊れ物を扱うような仕草に、大事にされているのだと嬉しくなる。そしてその手が、脚の内側へと忍んできた。

「あ……」

思わず漏れる、ため息。彼に触れられていると、だんだん身体の内側が熱くなってきた。なんだか腰をもじもじと動かしたくなる。慰撫《いぶ》するための触れ合いが、次第に違うものへと変化しつつあった。

だが、姫之は、それを心地よいと感じてしまう。

「けいと、にいさ…」

姫之はゆっくりと脚を広げ、彼の手を受け入れた。その先に進みたいと、そう自ら願っている。

「姫ちゃん」

慧斗の手が、姫之の脚の間を撫で上げた。そこから湧き上がってくる感覚に、姫之は身を捩《よじ》り、甘いため息を漏らすのだった。

「――っ」

唐突に訪れた目覚めに、姫之はベッドの上でびくん、と身体を跳ねさせる。枕元では、スマホがメロディを奏でていた。目覚まし機能を解除してから、姫之はむくりと起き上がる。

（――また。あの夢だ）

おそらく昔の、慧斗の家の夢。彼と再会してから、姫之はその夢を何回か繰り返し見ている。夢の中で自分と慧斗は睦《むつ》み合っている。彼の手で身体中を撫でられる行為は、明らかな性の匂いを漂わせていた。

――なんで、俺、慧斗兄さんと。

夢の中の自分は興奮していた。それまで性に淡白だと思い込んでいた自分が、彼に触れられて悦《よろこ》んでいた。それがどうしてなのかわからなくて、姫之は目覚める度にいつも混乱してしまう。

（俺、慧斗兄さんと、ああいうことしたいって――）

その朝も懊悩《おうのう》に襲われそうになった姫之だったが、ふと時間に気づいてはっとなった。

「やばい、もうこんな時間――――」

姫之はベッドから飛び降り、シャワーを浴びる。今日は慧斗と出かける日なのだ。彼はあれからすぐに連絡を寄越してくれて、どこかドライブに行こうと誘ってくれた。誰かと出かけるという予定がこんなにも待ち遠しかったなんて、初めてだ。

約束の時間ぴったりに、彼はアパートの前まで来てくれた。慧斗は今日はラフなグレーのジャケットにネイビーブルーのシャツを着ている。ボトムはこなれた感じのジーンズだった。

「お待たせ」

あの町では見たことのない慧斗の装いに、なんだかどきどきしてしまう。姫之が助手席に滑り込むと、彼はちょっと困ったような、優しい笑みを見せた。

「昨夜はなんだか緊張して、よく眠れなかったよ」

「ええっ…、なんで？」

それは姫之も同じだった。けれど姫之は誤魔化すように、意外そうに笑う。

「そりゃあ、姫ちゃんとのデートだからな。こうして出かけるの、初めてだし」

（デートって）

彼がそんな単語を使ってきたことに焦ってしまう。だが、確かに、あの町にいた頃は、彼と会う時は、いつもあの古い大きな屋敷だった。時間が切り取られたようなあの空間。

「今日はどこに行くの」

車を発進させた慧斗に訊《たず》ねると、彼はちらりと姫之を見て告げた。

「海を見に行かないか」

「いいよ。定番だね。デートの」

なるべく意識してないように振る舞う。彼が自分と同じ気持ちかはわからない。あんな夢を見て勝手に興奮しているのは、姫之だけかもしれない。だとしたら、彼には迷惑なだけだろう。

車は首都高から海岸線に移った。慧斗はどうやらコースを練ってくれていたらしく、昼食にはレストランを予約してくれていた。

「なんか、すごいお洒落《しゃれ》な店だね」

客層も落ち着いていて、学生だけで来るにはちょっとハードルが高いような店だった。

「ああ、ここは内装の小物とか、インテリアを俺が手がけたから」

「えっ？」

「輸入関係の仕事してるって言ったろ。この店のドアは、イギリスの教会のドアを移設したんだ」

「そうなんだ…」

姫之は席から入り口のほうを見た。アンティークめいた扉は童話に出てくる秘密の家のようで、最初にいいな、と思ったものだ。

「慧斗兄さんにそういう才能があったなんて意外だった」

「俺もだよ」

彼は姫之の言葉に素直に頷いて笑う。

「あの町を出て、俺に何ができるかって思ったんだが、家には古い画集や図版がたくさんあってね。多分先代かその前が集めたものだと思う。それを見て育って、自分ならこういう内装にするとか、そういうことを暇な時にずっと考えていたんだ」

「それを商売にできるなんて、すごいよ」

慧斗が乗っている車もかなりグレードの高いものだ。姫之は車に詳しくはないのでよくわからないが、乗った時のシートの感触から違っていた。彼は仕事でも成功を収めているのだろう。それも、堂々と。

「よかった」

「うん？　何が」

「慧斗兄さんが、こうして東京で仕事ですごく成功してて。あの町にいた頃も慧斗兄さんはすごい人って皆が言ってたけれど、なんだかつまらなそうだったもんね。本当によかった」

町の中では、神様のように崇《あが》められてはいたけれど、同時に畏れられてもいた。そんな立場は、彼にとってはとても窮屈だったと思う。今は自由に過ごせているようで、姫之は嬉しかった。

「……」

慧斗がじっと黙って自分を見つめていることに気づき、姫之は少し慌てる。

「俺、何かまずいこと言った？」

「いや」

彼は首を横に振った。

「なんだか、自分のことのように喜んでくれるんだな、と思って」

「そりゃあ嬉しいよ。だって――」

「だって？」

姫之の頬が熱くなる。食前酒のワインで酔ってしまったのだろうか。

「慧斗兄さんが幸せだと、俺も嬉しいし」

それは本当のことだった。あの町の中で、彼は姫之の一番大切な人だったから。そんな人をどうして忘れていたのか、それはわからないけれども。

「……ありがとう」

彼は噛《か》みしめるように、低く囁いた。グラスを持つ手がほんの少し震えていたように見えたのは、気のせいだろうか。

窓から見える海は日差しにきらきらと輝いていて、まるで虹を砕いたみたいだった。

「お邪魔します。二回目だね、ここに来るの」

「今日は、泊まっていくんだろう?」

「えっ」

さんざん遊んで帰ってきて、もう夜もとっぷりと暮れている。昨夜あまり眠れていないせいで、少々疲れてもいた。朝からずっと楽しかったから心地よい疲労だが、今から自分の部屋に帰るとなると面倒くさいのも事実だ。

「……うん」

だからついそんなふうに答えてしまったのだが、

「よかった。帰るって言っても、帰さないと決めていたから」

「……なに、それ」

姫之は笑って返す。時折見せる彼の強引さ。その度にどきりとしてしまうが、不快ではない。

「じゃあ、シャワー浴びておいで。着替えは出しとく」

「ありがとう」

教えられた浴室に入り、熱いシャワーを浴びる。外へ出ると、下着から部屋着まで一式揃《そろ》っていた。サイズもぴったりで、彼が姫之のためにあらかじめ用意していてくれたものだとわかる。

「全部用意してくれたの？」

「別にたいしたものじゃないから気にしなくていいよ」

「ありがとう、何かで返す」

「じゃあ、それを使うためにちょくちょく来てくれ」

そんなことなら、と姫之は頷いた。まるで、昔に戻ったみたいだと思った。

ほどなくして彼もシャワーを浴びてくる。夕食は外で食べてきたので、後は寛《くつろ》ぐのみだった。

間接照明の柔らかい灯りが部屋を照らしている。二人でソファに座ってテレビを見ていると、
慧斗がふいに口を開いた。

「最近、何か変わったことはないか？」

「……変わったこと？」

「そう。たとえば、変な夢を見るとか」

その言葉に、姫之は瞠目《どうもく》する。押し黙ったまま彼のほうを見ると、慧斗は姫之の目をじっと
見つめ返してきた。この探るような瞳。息ができなくなる。

「……なんで、そんなこと」

「見るんだね？」

姫之は思わず目を逸らそうとした。だが、できない。柔らかい蜘蛛《くも》の巣のような糸に搦《から》め捕
られてしまったみたいだった。

「どんな夢?」

「……言えない」

「どうして」

姫之は大きく喘ぎ、かぶりを振る。

「言ったら、嫌われる」

「嫌わないよ」

慧斗の声はあくまで優しく、姫之を誘導した。

「教えてごらん。どんな夢を見る?」

「……」

逃げられない。彼から。姫之が話すまで、緩やかな誘導は続くだろう。

「……変、な夢なんだ。俺と、慧斗兄さんが、昔のあのお屋敷にいて……、それで、慧斗兄さんが」

「俺が?」

「慧斗兄さんが、俺の身体を触ってくる…。それも、なんか変な感じで」

そんな夢を繰り返し見てしまう。昨夜も見てしまった。

姫之は白状すると、ぐったりと肩を落とした。もしかしたら、軽蔑されてしまうかもしれない。性に興味がないと言った側から、そんな夢を見てしまうなんて。

「それは、夢じゃないよ」

「……え？」

「夢じゃない。それは実際にあったことだ」

「なんで……？」

姫之が思わず顔を上げると、唇を熱い感触に覆われた。口づけられているのだ、と気がつくまでにはしばらくかかった。

「ン――――」

反射的に慧斗の胸を押し返そうとすると、もっと深く抱きしめられる。より深く唇が重なってきて、姫之は思わず唇を開いた。すると歯列をこじ開けるように慧斗の舌が這《は》入《い》り込んでくる。

「んんっ……！」

頭の中がぐるぐると回る。これはなんだろう。何をしているんだろう。息がうまくできなくて、苦しい。身体が破裂しそうだった。

慧斗兄さんが、俺に、キスして――――。

そう思った時、思考が真っ白に染め上げられる。

身体中から力が抜けていき、姫之の意識は、混乱の波に呑《の》まれていった。

「はあ、あ……っ」

身体が熱い。自分の吐く息が濡れていることがわかった。異様な感覚が全身を這い回っている。

「あ、んっ…」

自然と声が出てしまうのは、気持ちのいい刺激のせいだ。肌を撫でられ、乳首を舐《な》められている。姫之の身体はその度にひくひくとわななき、細かく震えた。

――なんだ、この感じ。

まだ夢うつつの状態で、姫之は自分の身に起きていることを受け止めようとする。肉体の芯が熱く疼《うず》いて、与えられる快感を悦んでいた。刺激が弱まると、もっとして欲しいと腰が浮く。力の入らない手が、横たえられているベッドらしいものの上をさまよい、シーツを握りしめた。

どうして……、俺、こんなこと……。

姫之はこういったことに興味がないはずだった。それなのに、今はあきらかにこの行為に興奮している。いやらしい気持ちになっている。

いったい、誰と……?

「……姫ちゃん」

「……っ」

その時、耳元で喚《よ》ばれた声に、姫之は大きく息を呑んだ。こんなふうに呼ぶ人は、一人を除いて他に誰もいない。

「――――あっ！」

次の瞬間、姫之は目を開いた。そこは薄暗い間接照明に照らされた部屋だった。そして、姫之の上に覆い被さっている男は。

「……慧斗、兄さ…んっ」

姫之は衣服を身につけていなかった。慧斗もまた、シャツをはだけている。布の隙間から鍛えられた胸筋が見えて、その強い雄めいた肉体に、姫之は昂《たか》ぶりを覚えてしまう。

自分は今まで、慧斗に愛撫《あいぶ》されていたのか。

姫之の股間のものは、痛いほどに勃起していた。身体がこんなに欲望も露《あら》わな状態になるなんて、今までになかったはずだ。羞恥と混乱が、一度に押し寄せてくる。

「…慧斗兄さん、どうして、こんなっ…！」

「……姫ちゃん」

慧斗の優しい声が腰の奥に響いた。そんな淫らな音で呼ばないで欲しい。

「これまで、こんなことしたいと思わなかったか？」

「……え…？」

「君の記憶には、ところどころ穴があるはずだ。特に、あの町に住んでいた頃のことが……。

そうだろう?」

「……」

姫之は瞠目した。その通りだった。けれど何故、慧斗がそれを知っているのだろう。

「もう思い出せるはずだ」

慧斗は苦笑すると、姫之の上から身体を退《ど》かせた。彼の重みがなくなってしまうことを名残惜しく感じたが、姫之もそれにならって上体を起こす。まだ身体の熱は残ったままだった。

「俺があの町で何をやっていたか、知らなかったか?」

「何のこと?」

「無理はないか。もう廃れた力だ。おそらく、俺が最後になるだろう」

疑問で頭をいっぱいにしていた姫之に、慧斗はぽつぽつと説明してくれた。

「俺の家は、古くから人を従わせる力を持つと言われていた。要するに、暗示の力だよ。催眠だ」

「催眠?」

「あの町は、もともと様々な場所から人が集まってできた町だ。だから、強力な指導者が必要だったんだよ。そこで、暗示の力を使える俺の家が祭り上げられた」

古い時代はそれでもよかったが、近代化が進むにつれ、端田家の力は次第に畏れられることとなった。

「それでも、今でもたまには暗示の力が必要な時もある。俺はそのためにあの家に留《とど》まっていた。ただ、もういい頃合いだろうと思って俺もこっちに出てきた」

「……知らなかった」

「町の中でも年寄りしか知らない。ましてや君は、早々に町を出てしまったし」

町の子供達は端田邸を幽霊屋敷だと言っていた。もちろん、本当にそうだと思い込んでいたわけではないが、あの屋敷の鬱蒼とした外観はそう言わせるには充分なものがあった。

「俺には特にその才能があったらしい。だから、君に対して何年も術をかけ続けることができた」

「——————え？」

慧斗が突然、よくわからないことを言い出した。

「術って…、何？」

姫之が訊ねると、彼は困ったように小さく微笑《ほほえ》む。

「俺は、昔から——————、姫ちゃんのことを大事に思っていた。多分、君が初めて家の庭に現れた時から」

姫之の心臓が、どくん、と跳ね上がった。彼はそこで言葉を切り、こちらをじっと見つめてくる。

「これを言ったら、嫌われてしまうかもしれないな」

慧斗の瞳の中に、微《かす》かな痛みの色が見えた。彼がそんな顔をしているのがたまらなくて、姫之は首を横に振る。

「嫌わない」

「本当に？　後悔するかもしれないぞ」

「しないよ」

姫之は重ねて告げた。

「しないから、言って」

きっと慧斗はとても重要な秘密を持っている。姫之はそれを知りたかった。彼は少しの間ためらうような素振りを見せていたが、やがて意を決したように口を開く。

「俺は君の記憶を一部封じた」

「……いつ？」

「君が町を出る前に」

「――――」

ああ、やっぱり。慧斗に会うまで、彼のことをすっかり忘れてしまったのは、彼が術をかけたせいだ。

「術は完璧にかかっていた。けれど、あれから何年も経《た》つ。術は少しずつ解けかかっていっているはずだ。このままだと、いつ解けるかもわからない。そうなったら、君がパニックを起こす危険性がある」

慧斗はいったん言葉を切り、少し怖い顔で言った。

「その前に、術をかけ直す必要がある。……本当は、少し前から君のことを窺《うかが》っていた。俺が東京に出て来たのも、半分はあの家が嫌になったというのもあるが、もう半分は姫ちゃんに会うためだった」

「かけ直したら、また慧斗兄さんのことを忘れる？」

「そうなるな」

「嫌だ」

姫之は短く拒否する。

「もう忘れたくない。かけ直さないで」

「駄目だ。そうしないと、突然すべてを思い出すことになるぞ」

「何を思い出すって言うんだよ」

姫之は退《ひ》かなかった。せっかくまた会えたというのに、忘れたくない。それは別れよりもひどいことだ。

「俺はもう大人だ。何を聞いたって受け止められるよ。教えて。なんで俺に術をかけたのか。どうして慧斗兄さんのことを、忘れなければならなかったのか」

姫之は慧斗に詰め寄らんばかりに訴えた。自分が裸であることすらどうでもよくなっている。

「わがままを言うな」

「俺が自分の記憶を取り戻すことの、どこがわがままだって言うんだ」

姫之の言葉に、慧斗はぐっと詰まったようだった。確かにそれは正論だと思ったらしい。

「……そうだな。君の記憶は君のものだ。姫ちゃんに思い出して欲しくないというのは、俺のエゴに過ぎない。確かに、君が正しい」

「……」

姫之は固唾《かたず》を呑む。いったい、どんな過去があったというのか。

「そんなに知りたいのなら教えてあげよう。俺と君は、過去に身体の関係があった。年端もいかない姫ちゃんを、俺は抱いていたんだよ」

「……」

構えていたほどには、衝撃はなかった。むしろ曖昧にされていたものを確定されて、どこかでほっとしている自分がいる。

「……慧斗兄さん」

姫之は低い声で呟《つぶや》いた。

「それ、この状況で、俺がショック受けるって思う……？」

姫之は裸で、慧斗も服をはだけている。おまけに、少し前まで自分達は身体を重ねていたのだ。彼の言うことは少しずれている。

「あ、ああ…、そうだな」

たった今気づいた、とでも言いたげな慧斗がおかしくて、姫之は小さく笑いを漏らした。

「ねえ、年端もいかないって、どれくらいから？」

「それは言えないな。俺に倫理観がないのがバレる」

「別にいいのに」

彼が相手なら、きっと自分は嫌がらなかったに違いない。それでは、ここ最近見ていた淫夢は、おそらくその時の記憶なのだ。

「それだけじゃない。君をいいようにしていた俺は、君が町を出る時、記憶を封じるのと一緒に暗示をかけた。君がこの先、誰とも触れ合えないように」

「え」

姫之は少し虚を突かれた。

「だから、俺は誰ともつき合えなかったの？」

「そういうことだ」

これですべてに合点がいった。自分に性的欲求がないと思っていたのも、すべて彼がかけた暗示のせいだったのだ。

「そっか」

「俺は本当にひどい奴だった。すまなかった。大事に思うなんて言っておいて、君にとんでもないことを――――」

「謝らなくていいよ」

姫之は慧斗の言葉を手で制した。

「そのかわり、教えて。どうしてそんなことをしたのか」

声が震える。姫之にとって、それを聞くことのほうが緊張を伴うものだった。もしも、自分が思い願っているものと違っていたらどうしよう。

「君のことが好きだからだよ。可愛くて可愛くて、どうしようもなかった。自分を抑えることができなかったんだ」

「あ――――」

姫之の身体に、甘い衝撃が走る。

「もう君に触れることはやめようと思った。けれど、会ってしまったらもう駄目だ。もう一度姫ちゃんを俺のものにしたい」

慧斗がぐっ、と身体を寄せてきて、姫之の鼓動が駆け出した。

「君が俺から聞き出したんだ。止めることは難しいぞ」

腰が引き寄せられる。慧斗の腕の中に抱き込まれてしまい、急に羞恥が込み上げてきた。

「暗示を解いたから、今から数年分の性欲が一気に押し寄せる。これまでずっと淡白だった君が、淫乱になってしまうんだ。責任を取るよ」

体重をかけられ、姫之は再びベッドに沈められた。

「口を少し開いて。舌を出して……」

姫之は言う通りにした。すると、慧斗の舌が大胆に絡んできて、舌を吸われる。

「ん……んっ」

姫之は甘く呻《うめ》き、夢中になって彼の舌を吸い返そうとした。けれど深く唇が合わせられ、口内の敏感な粘膜をねっとりと舐め上げられる。背筋がぞくぞくと震えた。

「んっ、んっ」

重ねられる角度が時々変えられる毎《ごと》に、姫之の口の端から唾液が零《こぼ》れる。慧斗はそれすらも舌先で舐め上げ、また姫之の舌を貪った。

「…っふ、あっ」

彼が口の中を舐める度に、身体の芯がきゅうきゅうと疼く。口づけだけでひどく感じさせられてしまって、姫之の肢体が熱を孕《はら》んだ。彼の舌は肉厚で攻撃的で、それでいてとても情熱的だった。

「……いやらしい顔をしている」

「慧斗にいさんが……いやらしいキスをするから……」

「そうだな」

慧斗は忍び笑う。ふいに胸に痺《しび》れるような刺激が走って、姫之は喉を反らした。

「あ、あっ」

「ここも固く尖《とが》ってる」

胸の突起を指先で摘《つ》まれ、くりくりと弄《もてあそ》ばれる。赤く膨れていたそこは、直接的な愛撫を与えられて、指先まで甘い感覚が走った。

「あ、あっ、ああっ」

突起の中に、芯ができたようだった。慧斗の指先で捏《こ》ね回される毎にむず痒《がゆ》いような、我慢できない快感が生まれる。その快感は腰の奥に直結して、姫之はたまらずに尻を浮かせた。

「そんなに腰を振って……。気持ちいい？」

「あ、んん、あっ、き、気持ち、いい……っ」

たとえようもないくらいいやらしい気持ちになって、姫之は淫らな言葉を漏らす。そうする度に、快感がどんどん増していくようだった。こんな小さな突起が、こんな快楽をもたらすなんて、姫之は今まで知らなかった。いや、知っていたのだろうか。――もうよくわからない。どうでもいい。

「あっ、やあっ、そんなに、された、らっ……」

乳首を爪の先でぴんぴんと弾かれ、たまらない。

「やめてほしい？」

慧斗は意地悪にそんなことを聞いてくる。姫之は嫌々と首を振り、胸を開くようにして仰け反った。

「い、やだ、やめるの……っ」

「うん、嫌だって言われても、やめる気はなかったからよかった」

「あっんあっ」

二つの突起は刺激によって甘く色づいていく。時折不意打ちで乳暈《にゅううん》の中にぎゅっと押し込むように潰されて、その度に乳首から全身へ波のような痺れが広がっていった。

「あ、ああ…あぁあ…っ」

さっきからそこばかりで、もどかしい。乳首も確かに気持ちがいいが、もっと決定的に快楽を得られるところがあるのに。それなのに慧斗は、何が気に入っているのか、姫之の乳首ばかりを延々と可愛がっている。腰の奥が疼いて仕方なくて、我慢なんてできそうになかった。

「ふあ、あぁぁんっ…」

慧斗は舌先で姫之の乳首を舐め転がす。一舐めされる度に、尖りきった突起がびくびくと震えるようだった。

「姫ちゃん……可愛いよ姫ちゃん……」

「あん、ぁあっ！」

じゅうっ、と音を立てて吸われ、腰の奥が引き絞られるように疼く。そっと歯を立てられると、姫之は泣くような声を上げた。

「く、うぅんっ、んっ……！」

「痛いか？」

「い、いたく、ない…、けど…」

「けど？」

「どうしよう……きもちいい……」

恍惚《こうこつ》となった意識で、感じたままを素直に訴える。すると慧斗はふっ、と笑って、姫之の唇に軽く口づけた。

「気持ちいいなら、もっと続けようか」

「あ、でも……こわい……」

記憶が戻ったとはいえ、姫之はこの行為を忘れていたのだ。だから今の姫之の意識は、経験がないのと同じだ。なのに肉体だけが敏感に反応して、そのズレについていけない。

「大丈夫だ、怖くない」

慧斗がもう片方の乳首を口に含む。舌先で突起をくすぐられ、思わず腰が浮いた。

「ふあっ、あぁあ…っ」

優しく舌で撫でられたかと思うと、乳暈ごと強く吸われて、姫之の乳首はぽってりと赤く膨らむ。

「ん、んん、ふうっ、あ、や、そこ変っ、へん、に、なるうっ、〜〜〜っ」

長い間執拗《しつよう》に乳首を虐《いじ》められ続けた姫之の身体に、変化が起こる。それまでずくずくと疼いていた腰の奥の熱が膨張し、弾けて、下半身全体に強い快感が走った。

「あ、あうう、くう――――…っ」

びくん、びくん、と、身体が大きくわななく。姫之は自分が乳首への責めで達してしまったことを知った。

「ああ、あ、い、イった、からっ」

「ああ、乳首でイったのか……。気持ちよかったか?」

尖って膨れた両の乳首を、そっと指先で転がされる。そこはもう感じすぎてつらいほどだった。性感の神経が剝《む》き出しになっているようで、くりくりと転がされると鋭い快感に身悶《みもだ》えてしまう。

「だめ、あ、そこ、も、だめ…っ」

「もっと虐めたい」

「やだ、あっ…」

虐めるなら他の場所にして欲しい。姫之がもどかしげに脚を絡みつかせると、慧斗はようやく乳首から舌を離した。姫之の身体を、口づけが徐々に下がっていく。

「ああ、あ…っ」

快楽への期待に、両の膝が震えた。膝頭がぐっ、と押し開かれ、慧斗の頭が沈んでいく。ぬるり、という感触に、自身が包まれた。

「ああ、あ――…!」

頭が灼《や》けそうな快感に、背中が大きく仰け反る。姫之の股間のものは慧斗の口に含まれ、強く弱く吸引された。

「…っあ、いっ、く、ああっ、イく――…っ」

昂ぶったまま放置され、さんざん待たされていた屹立《きつりつ》は、ようやく与えられた、それも強烈な刺激に我慢できなかった。

姫之は目尻に涙を浮かべながら、思い切り達してしまう。

「あ、あ、あううっ」

顔の両側のシーツを掴み、姫之は為《な》す術《すべ》もなく慧斗の口の中に白蜜を吐き出した。彼がそれをためらいもなく飲み下している様子が伝わってきて、恥ずかしさに身体が焦げつきそうになる。けれど、どうにもならない。

「は、あ、はうぅ…っ」

くったりと力が抜ける。全身がじんじんと脈打って、痺れていた。

「いっぱい出したな」

「……前、も、こうしたの……？」

甦《よみがえ》った記憶は朧気《おぼろげ》で、彼としたすべての行為を思い出せるわけではない。姫之の言葉の意味を、慧斗は一瞬わかりかねていたようだが、やがて得心したように口の端を上げた。

「もちろんだ。君の出した精は俺がもらう」

「そんなこと、言うな……」

あまりに恥ずかしい返事に、姫之は思わず腕で顔を覆う。それなのにまた脚を開かされて、びくりとした。達したばかりでまだ震えている屹立を握られ、裏筋を舌が辿る。

「あっ、んんっ！　…ま、また…っ」

「姫ちゃんはすぐにイってしまったから、まだ充分ここで気持ちよくなってないだろう」

「んんぁっ、あ、だめ…え……っ」

鋭敏になっているそこに、熱い舌がぬるぬると這い回る。刺激に弱い裏筋でちろちろと舌先が動き、張り詰めていた内腿が震えた。

「あっ、あっ……あっ…」

腰骨が熔《と》ける。下半身から背筋へと快感がぞわぞわと這い上っていって、シーツから背中が浮いた。

「あ、だめ、あ」

慧斗の舌先が先端のくびれへと近づく。一番鋭敏な部分への快感に怯《おび》え、姫之は腰を引こうとした。だががっちりと脚を掴まれ、逃げられない。

「ひう――――」

ぬるん、と、先端の切れ目のあたりを舐められた。指先まで痺れるような強烈な快感が押し寄せて、姫之の喉が仰け反る。そのまま先端を舌で包まれて吸われ、嬌声《きょうせい》が漏れた。こんなの耐えられるわけがない。

「あぁあっ、あっあっ、んあぁあ」

切れ切れの喘ぎが部屋に響く。じゅる、じゅうっ、と卑猥《ひわい》な音を立てながら慧斗がそこを吸う度に、腰が抜けそうになるほどの法悦が姫之を襲った。気持ちがよすぎて苦しい。そんな感覚は初めて知った。

「あぁ――――あ、イく、ああ……っ」

姫之が訴えると、慧斗は絶頂を促すように深く咥《くわ》え込んでくる。下半身ががくがくと痙攣《けいれん》した。

「あっ、イくっ、いいっ、あぁぁああ」

どくん、と体内で快感が弾ける。それはたちまち全身へともの凄い勢いで広がっていった。

「んぁ――――～っ、や、やだあっ、あっあっ出っ……！」

羞恥と快感に泣きながら、姫之はまた慧斗の口中へ白蜜を弾けさせる。陰茎を清めるように舐め回され、激しすぎる余韻に両脚がぶるぶると震えた。

「ああ……っ」

姫之が恍惚の中で息を荒らげていると、ようやく慧斗が口から屹立を離してくれた。思わずほっとした姫之が身体の力を抜いた時、ふいに両脚がもっと高く持ち上げられ、ぎくりとする。

「な…っ、ああっ、やっ」

膝が胸につくほどにひどい格好をさせられたかと思うと、双丘の奥に慧斗の舌先が触れた。

「そ、そんな、ところ…っ、あんっ、んあぁあっ」

後孔の入り口をぬめぬめと舐め回され、姫之は激しく動揺する。いくらなんでもそんなところを舐めるなんて、とやめさせようとしたが、身体に力が入らなくてどうにもならない。

「ああ…あ、うう…っ」

肉環をなぞるように濡らされたかと思うと、舌先が中に入りたそうにノックしてくる。唾液を押し込まれるようにされると、脚のつま先が震えた。後孔がじん、と熱を持ち、中が疼いてヒクつく。

「ああ…っ、慧斗兄さ…っ、お願、ゆび、で…っ」

「指でして欲しい？」

「んっ、んっ……！」

姫之はこくこくと頷いた。この身体の疼きをどうにかして欲しい。熱く太いもので貫かれたいという欲求を、少しでも満たして欲しかった。

くちゅ、と音を立てながら、慧斗の指が肉環をこじ開けてゆく。ツンとした感覚が背筋を駆け上っていった。

「あっ、あっ！」

指は肉洞を押し広げるように這入ってくる。ヒクつく媚肉《びにく》を擦《こす》り上げられ、奥を目指して捏ね回しながら解《ほぐ》してくる指を姫之は締めつけた。

「……そんなに締められたら、奥まで可愛がってあげられないよ、姫ちゃん」

「あ、だ、だってっ……」

気持ちよさに瞳を潤ませながら慧斗を見上げる。彼は少し困ったように微笑みながら、姫之のこめかみに口づけた。

「ここの力抜いてごらん、ほら……」

「んっ、あっ、あっ！」

言われた通りに、どうにかそこの力を抜くと、彼の指はまたずぶずぶと進んできた。叶《かな》う限りの場所まで辿り着くと、姫之の弱い場所を狙って撫で回してくる。

「あ――……っ、そこっ…！」

「ここが感じるだろう？」

優しく柔らかく触れてくる指先。その意地悪な愛撫に、腰の震えが止まらない。

「あ、あ――あ……、あぁあ…っ」

「あ、あぁあ…っ、き、きもち、いぃ…っ」

下腹の奥がぐつぐつと煮えたぎるようだった。指一本でかき回されているだけなのに、脚の間がまた痛いほどに張り詰める。

「ん、んんう…っ、あっあっ」

「気持ちいいなら、もっとしような」

「ああ、だめぇえ…っ」

ぬちぬちと音を立ててそこがわななき、慧斗の指に絡みついた。姫之の肉洞から何度も込み上げる快感が肉体を燃え立たせ、身悶えさせる。

「ん、んん――――くううっ」

一際強い快感が込み上げてきて、もうすぐイってしまうと思った。ぎゅっと目を瞑《つむ》り極みに備えていると、体内の指が唐突に引き抜かれる。

「んあっ…！」

いきなり取り上げられた快感に嘆きの声を上げると、指の代わりに押し当てられたのは、火のように熱い凶器だった。

「……っ」

「すまない。俺ももう、我慢できない。姫ちゃんが、あんまり可愛くて」

「気持ちいいか？」

「あっ、あっ、あああっ！」

姫之は最初の一突きで達してしまったのだが、慧斗の動きは当然止まることはない。イったばかりの体内を、休むことなく擦られるのは快感が大きすぎてつらかった。息も止まりそうに感じさせられて、めちゃくちゃにされそうになる。

「ひっ…ううっ、あ――――…っ」

身体の奥を突き上げられる愉悦。こんな強烈な感覚を、本当に自分は覚えていなかったのか。

「はあっ…、んむっ、うう…っ」

深く繋《つな》がったまま口を塞がれて、姫之は甘く呻く。舌を吸われながら中を緩くかき回されると、身体中がぞくぞくして止まらなかった。宙に放り出された脚のつま先がぴくぴくと震えている。

「……苦しいか？」

口づけの合間に、慧斗は低い声で訊ねてきた。掠《かす》れたその響きがひどく色めいていて、姫之の肉洞が収縮してしまう。

「…少し……でも…、きもちいい……」

素直に答えると、慧斗の目が細く眇《すが》められる。その瞳の奥に強い執着の光があった。

「そうか。特に気持ちいいのは、このへんかな？」

慧斗の腰が探るように動いて、男根の先端が弱いところに当たった。

「んあ――――あっ、そ、そこっ、あっ…！」

軽く掠めるだけでもたまらないのに、慧斗はその場所を自身の先端でぐりぐりと捏ね回してくる。身体中が痺れて、下腹の奥からじゅわじゅわと快感が広がっていった。

「あ、あう――――…、そ、そこ、ゆるし、て、あ、あっ…！」

「駄目だよ。もっと気持ちよくなってごらん」

苦しいかと気遣ってくれたのに、許してと訴えてもやめてくれない。姫之は上体を仰け反らせ、彼が腰を使う度にその喉から嬌声を上げた。律動が次第に速く、大きくなっていく。

「うう、ああ――――…っ、あっ、やっ、いいっ、いぃっ…！」

意識が快感に真っ白に染め上げられて、姫之は口から淫らな言葉を垂れ流した。今や入り口から奥までを大胆に擦られ、突き上げられて、脳天から刺激が突き抜けてゆく。慧斗の荒い息づかいが伝わってきて、彼もまた極みが近いということを知らされた。

「姫ちゃん――――、中に、出すよ」

「あっ出してっ…、慧斗兄さんの、出してぇ…っ」

姫之は夢中で慧斗にしがみつき、彼の精をねだる。慧斗は激しく腰を震わせると、姫之の中にしたたかに白濁を叩《たた》きつけた。

「ん、ひぃ…っ、あ、あぁぁぁあっ」

その熱さに呑まれて、姫之の身体が強烈な絶頂に晒《さら》される。泣きながらあられもない声を上げ、何度目かの吐精をした。

「ふあ…、あ、は、はあ……っ」

慧斗と繋がり、蕩《とろ》けていくような極みは、姫之に多幸感をもたらしていく。

「――――姫ちゃん」

「んう…っ」

また、きりもない口づけに襲われて、姫之は舌を差し出した。慧斗は終わりがないように姫之を求めてくる。

「ああ…、慧斗兄さん……」

姫之はそれが嫌ではなかった。以前もこうして情を交わし合っていたのなら、身体を重ねることが当たり前のように感じる。

「姫ちゃん…、好きだよ。可愛い」

「あ…っ」

甘い囁きがくすぐったかった。慧斗に優しく激しく求められるのは嬉しい。

「気持ちよかったか?」

「うん……」

頬を紅潮させたまま、姫之は恥じらいつつも素直に答えた。

「こんなすごいの、いつもしてたの……?」

「……君はまだ年端もいかなかったからな。俺はもっと遠慮してたよ」

「その時のこと、俺全然覚えてない。慧斗兄さんが忘れさせたの？」

「……ああ」

「思い出したい」

「駄目だよ」

慧斗はやんわりと姫之の頼みを拒絶した。

「まだ未発達な君に、俺はひどいことをしたんだ。それは忘れていて欲しい」

「ひどいことなんて」

慧斗ならば、そんなことをするはずがない。確かに自分はまだ子供だったかもしれないが、彼がすることならば嫌なことであるはずがないのだ。

「姫ちゃんはもう大人になったから、これからいっぱい、色んなことをしよう」

あからさまに性への期待を持たされて、姫之は顔を熱くする。あれよりすごいことをするというのだろうか。彼との過去のことを思い出せないのはもどかしいが、あの町から離れた都会で、こうして改めて慧斗と抱き合えた幸福を、姫之は嚙みしめるのだった。

「おはよう」

目が覚めた時、隣に慧斗がいるのを確認して、姫之は昨夜の出来事が夢ではないことを悟った。寝乱れたシーツが行為の激しさを表していて、平生に戻った姫之は消え入りたいほどの羞恥に苛《さいな》まれる。

「今日は、大学は?」

「あ、あるよ。二限目からだけど」

「じゃあ、もう起きたほうがいいな。シャワー浴びておいで。その間に朝飯を用意しとくから」

「え、あ、ありがと…」

慧斗は姫之の額に軽く口づけた後、先にベッドを抜け出してキッチンへと向かった。どうやら彼は先に身支度を整えていたらしい。姫之も慌ててベッドから降りようと、床に足をつく。その途端にバランスを崩し、危うく倒れそうになった。

「わっ…!」

足腰に力が入らない。その理由に思い当たりがありすぎて、姫之はいたたまれなくなった。どうにかシャワーを浴びて寝室を出ると、バターのいい匂いが漂ってくる。慧斗がキッチンでオムレツを焼いていた。

「すぐできるから、座っててくれ」

「手伝うよ」

「いいから。そこで待ってて」

ダイニングテーブルを指差され、姫之は不承不承そこに座った。するとすかさずオレンジジュースが出てくる。至れり尽くせりだ。

「お待たせ」

ややあって、目の前に鮮やかな黄色のオムレツが出てきた。卵の味が濃くておいしい。

「慧斗兄さんて、いつも自炊してるの」

「気が向いた時だけな。実家にいた時は通いの家政婦がいたけど、年配の人だったからこういう洋食っぽいものはほとんど作ってくれなかった。だから一人暮らししたらシャレっぽいものを山ほど作って食おうと思ってたけど、わりとすぐに飽きた」

きまぐれな慧斗の言葉に、姫之は思わず笑いを漏らす。

「なら、今度は俺が作ってあげる」

「本当か？　何を作ってくれるんだ？」

聞かれて、姫之は答えようとしたが、そういえばあまり料理は得意ではなかったことを思い出した。

「カレー…、とか…、シチュー？」

苦し紛れに言うと、慧斗はふふっ、と笑う。その笑みと昨夜のベッドの中での雄臭い表情とが繋がって、姫之はわけもなくどぎまぎした。

「楽しみにしてるよ。カレーもシチューも好物だ。今度作ってくれ」

「う…うん」

慧斗は少しも馬鹿にすることなく、姫之の手料理を楽しみにしていると言ってくれた。誠実な人だと、そんなふうに姫之が思った時、ふいに彼は、

「――姫ちゃんは、これからどんどん俺が欲しくなるよ」

と告げる。目の前の優しい慧斗が、突然昨夜の獣のような慧斗に重なって見えて、姫之は思わず息を呑んだ。

「……それも暗示？」

「さあ……どうだろうな」

彼の言葉は思わせぶりで、真意が摑めない。そしてあれだけのことをされても、姫之は彼のことを嫌いになれないどころか、どんどん惹かれていってしまっていることを自覚する。

それどころか昨夜の記憶が身体に甦り、姫之は思わず両脚を擦り合わせた。

「――姫ちゃん」

「え？」

「君は普段、大学には真面目に行っているかな？」

「も…、もちろんだよ。サボったことなんてないって」

「そうか…」

　慧斗は何かを考えるように瞼を伏せる。そして次の瞬間姫之に向けられた視線は、強く真《ま》っ直《す》ぐなものだった。

「なら、今日は俺と過ごしてくれ。そんなふうに俺に抱かれたばかりの君を、人の目に晒したくない」

「――――」

　姫之は嫌とは言えなかった。そんなふうに独占欲めいた言葉を吐く慧斗を、あろうことか好ましいとすら思ってしまった。

　昔の慧斗は、こんなことを言っただろうか。そしてその時の自分は。

　それは姫之にはわからない。記憶は彼が持って行ってしまって、返してくれない。自分の記憶なのに。それなのに姫之は、おそらくはこれからされるであろうことに期待すらしてしまっている。

（多分、よくない。こういうのは）

　けれど姫之は、その日結局、大学へと行くことはできなかった。

「――姫之君《ひめゆき》」

構内で呼び止められ、振り返った姫之は、そこに以前つき合っていた前島美佐《まえじまみさ》の姿を認めた。

彼女は姫之を冷たいと言って別れを告げた後、学内で姫之の悪い噂《うわさ》を立てていた。

「ちょっといい？」

「――何か用かな？　前島さん」

姫之の返答も他人行儀なものになる。仕方ないだろう。彼女とは実際に他人に終わってしまった。姫之にも責任はあるかもしれないが、それは学内で孤立させられたことでおそらくイーブンだ。

前島は案の定、気分を害したような表情で姫之を見返す。

「……何よ。仮にも、元カノに対してそういう態度はないんじゃない」

「そういう態度？」

「そんな、ただの知り合いみたいな」

「俺の態度が気に入らなかったから、前島さんは俺とつき合うのをやめたんじゃないの？」

「っ」

前島は言葉を詰まらせ、傷ついたような表情を浮かべた。だが。

「……あのね、姫之君、ちょっと変わったんじゃない？　って友達と話してたの」

「え？」

「最近、何だか楽しそうっていうか、生き生きしてるから。私といても、いつもつまらなそうだったけど」

「――――」

姫之は瞠目《どうもく》した。確かに、ここ最近――――、正確には慧斗《けいと》と再会してからというもの、生活に張りができたというか、気がつくと彼のことを考えている。これまで世界はくすんだグレーがかったように見えていたのに、彼とその周りだけは鮮烈な色に彩られているようだった。

だが、表面上は変わってなどいないと思っていたのに。

「誰か、他に好きな人ができて、その人が姫之君をそんなふうに変えてくれたんだったらいいの。――――それが私じゃなかったのは、残念だけど」

「前島さん」

「それだけ。じゃあね」

前島はくるりと踵《きびす》を返し、姫之の目の前から立ち去ろうとする。その姿に、思わず声をかけていた。

「前島さん」

姫之に呼ばれて、前島が振り返る。

「俺、君とちゃんと向き合ってなかった。不誠実だったと思う。本当にごめん」

「いいのよ」

笑いながら答えた彼女の瞳が潤んでいたように見えたのは、気のせいだったのだろうか。

けれどそれを確かめる権利は、自分にはないのだと姫之は思った。


「――どうした？」

考え事をしていた姫之は、ふいにかけられた深い声にはっと我に返る。

姫之は慧斗の部屋のソファに、彼と並んで座っていた。目の前にある壁にかけられたテレビでは数年前に上映された恋愛映画が放映されている。

「うかない顔をしている――。何かあったか？」

「あ、ご、ごめん、ボーッとして」

姫之が考えていたのは、昼間の前島のことだった。慧斗とのつき合いは、これまでの姫之の生活を一変させた。

あれから姫之は幾度となく慧斗の部屋を訪れ、こうして共に過ごしている。そしてこれまで離れていた時間を埋め合わせるように絡み合い、淫蕩《いんとう》な行為に耽《ふけ》っていた。姫之はその快楽に溺れ、彼がすることはすべて受け入れていた。もっとも、姫之が嫌だと言ったところで彼はやめないし、慧斗も本当に姫之が嫌なことはこれまでしてきたことはない。そしてその裏で、姫之はこれまで自分が傷つけてきた人達のことを思った。

「俺、これまで最低な奴《やつ》だったなって思って。好きでもないのに告白されたらつき合う形だけして、実質相手のことほったらかしも同じだったし」

「それは姫ちゃんが悪いんじゃない。全部俺のせいだ」

慧斗がかけた暗示のせいで、姫之は性愛というものを封じられてきた。けれど、果たしてそうだろうか。

「姫ちゃんは本当に気に病むことはない。そうやって相手のことを気遣えるのは、君が優しい証拠だよ」

「……ありがとう、慧斗兄さん」

君は悪くないと慰めてくれる慧斗に、姫之は小さく微笑《ほほえ》んだ。

「けど、姫ちゃんがそうやって知らない女の子のことを話しているのは、俺はいい気がしないな」

慧斗は姫之の腰を抱き、ぐい、と抱き寄せた。

「……嫉妬のあまり、姫ちゃんを虐《いじ》めてしまいそうだ」

耳元で低く囁《ささや》かれた声に、姫之の背筋がぞくぞくとわななく。穏やかではないことを言っているのに、その声の甘さに陶酔が走った。

「嫉妬、なんて、何もなかった、のに…」

それは慧斗が一番よく知っているはずではないか。それなのに慧斗は、幼馴染みの優しい、兄のような存在から、嫉妬深い一人の男の顔に変わる。そしてその変化に一番胸を高鳴らせているのは、他でもない姫之自身なのだ。

「あっ」

姫之のシャツの裾をそっとめくって、慧斗の指が入ってくる。直《じか》に素肌に触れられて、上体がびくん、と跳ねた。脇腹をつつうっと撫《な》で上げられ、我慢できなくなる。

「もちろんそれはわかってる。けれど、デートぐらいはしたんだろう？　その子と一緒に出かけて、食事をして、映画くらいは観に行って」

彼の声に怒っている様子はない。けれどそれ以上に濃い執着の響きがあった。そしてその執着が自分に向けられているということが、姫之の興奮を高めていく。

「姫ちゃん？」

「あっ、んんんっ！」

きゅうっ、と乳首を摘《つ》ままれて、姫之は声を上げた。答えに窮した姫之の乳首を、慧斗はこりこりと弄《いじ》り回す。

「あ、まって…、待って、そんな…っ、ああ、ぅうんっ！」

もう片方の乳首も捕らえられ、同時に虐められた。乳暈《にゅううん》ごと揉《も》みこまれたり、指先でくすぐられ、弾《はじ》かれて、敏感な乳首がめいっぱいの刺激で勃《た》ち上がる。

「ここ、すごく感じやすくなったね」

「あっ…、あっ…」

「こんなに乳首をコリコリにして…。いけない子だ」

そんなふうにしたのは慧斗であるはずなのに、煽《あお》られてしまって、姫之は震えた。

「んうっうっ…！　ご…めんなさいっ…！」

「可愛《かわい》いよ。気持ちいい？」

「んんっ…んっ、きもちいぃ…、乳首、気持ちいい…っ」

「じゃあ、この気持ちいい乳首でイってみようか」

そう言われて、胸の突起を虐める慧斗の指に卑猥《ひわい》さが増す。膨らんだ乳首を扱《しご》くように刺激され、あるいは羽毛のように軽いタッチでつつかれてはまた転がされた。

「ああ……っあああぁ…っ」

こうこうと灯《あか》りのついているリビングのソファの上で乳首を嬲《なぶ》られ、姫之は身を捩《よじ》る。頭の中はもう沸騰しているようだった。胸の先から切ない快感が腰の奥に届いて、さっきから下腹がきゅうきゅうと収縮している。

「だめ、ああ…っ、下着、汚れる、から…っ」

「じゃあ脱いでごらん」

促され、姫之は明るい場所で下肢の衣服をおずおずと脱ぐ。しなやかな足と細い腰が露《あら》わになったところで、慧斗の膝の上に抱き上げられた。

にされる。

「もっと脚を開いてごらん。ああ、素敵だ」

両の膝を慧斗の脚にひっかけるような形で開脚することになり、恥ずかしい部分が剝《む》き出しにされる。

「や、あ、は、恥ずかし、くて……っ」

「下は触ったら駄目だよ。乳首でイくんだ」

再び胸の突起を摘まれ、揉まれて、姫之は思わず喉を仰《の》け反らせた。慧斗の肩口に後頭部を押しつけ、乳首を責められる快感に悶《もだ》える。

「あ…う、あぁぁあ…っ!」

いく、いく、と腰を揺らしながら、姫之は乳首への愛撫《あいぶ》で達してしまった。一度も触れられない股間のものから白蜜を迸《ほとばし》らせ、革のソファを濡《ぬ》らす。

「んくぅぅう」

「上手にイけたね」

いい子だ、と言われ、極めたばかりの乳首を褒めるように優しく撫で回された。性器か後孔以外の場所でイくと、身体《からだ》の奥がもの凄《すご》く切なくなる。今も姫之の肉体は、ひっきりなしに燻《くすぶ》り続けていた。

「まだ終わってないよ」

「え…っ」

ふいに腕を掴《つか》まれると、姫之の両腕は後ろ手に、ベルトを使って拘束されてしまう。

「こうして縛られると…、興奮するだろう？」

「ああ、や、やだ…っ」

いつも口ばかりなのは、慧斗にもわかってしまっているだろう。姫之が嫌々と口走りながらも、本当は彼の言う通り、昂《たか》ぶってしまっているということを。そして慧斗の膝の上に抱え上げられた姫之は、前と後ろを同時に彼に責められてしまった。

「ふあ、あ、ああぁあ」

「こっち、先のほうまだ濡れてるね…。お尻をもう少し緩めてごらん。そう、いい子だ。二本入った」

前方の股間の屹立《きつりつ》を握られ、扱かれて、後ろは二本の指を差し込まれる。急所を一度に嬲られて、姫之は彼の膝上で大きく仰け反った。

「あ、ア、あううう……っ」

「すごいね、姫ちゃん……、いやらしいよ」

「っ、ああっ、ああっ」

濡れた屹立を音を立てて扱かれ、鋭い快感に襲われた。それと同時に肉環をこじ開けられて内壁を擦《こす》られる。後ろを蕩《とろ》けてしまいそうな悦楽が込み上げた。両腕を封じられ、抵抗できないという状態にもまた感じてしまう。

「…っあ――――〜っ」

姫之は腰を揺らし、いとも容易《たやす》く極めた。慧斗の指の間から、白蜜がびゅくびゅくと溢れ出る。張り詰めた内腿《うちもも》が不規則に痙攣《けいれん》した。体内に挿入されている慧斗の指が、きつく締めつけられる。そして姫之が達したからといって、慧斗の愛撫が止まることはなかった。優しく執拗《しつよう》に、姫之をとろ火で炙《あぶ》るように延々と続けられる。

「んあ、あっ、あんんん…っ、ま、また、イくうう…っ」

前と後ろで数回ずつ絶頂を極め、それでも尚《なお》感じさせられるのに、姫之の全身がしっとりと上気した。慧斗は後ろからそんな姫之の首筋に唇を這《は》わせたり、耳に舌先を差し込んだりと、意地悪く煽っている。

「あ、あ…ああ、もう、もうっ…！　ん、んん――――〜っ！」

またしてもイってしまい、姫之は背中を反らし、ぶるぶると全身をわななかせた。

「あ…あう…っ」

口の端から唾液が零《こぼ》れて顎を伝う。自分はきっと今、凄《すさ》まじく淫らな顔をしていることだろう。

「慧斗、兄さ……、お願…、もうっ…」

「うん？」

姫之の前と後ろから、くちゅくちゅという卑猥な音がもうずっと響いていた。それは自分の

身体が立てている恥ずかしい音だ。

「もう…おかしく…なるっ…、…ほ、欲し…っ」

姫之は消え入りそうになりながら、羞恥に目に涙をためて言った。

「何が?」

「……っ、慧斗、兄さんの…これっ…」

姫之は腰を揺すって、必死に慧斗の股間に擦りつけた。彼のものはもう布地越しでもはっきりとわかるほどに隆起している。それなのに、どうして挿《い》れてくれないのだろう。

「……っ」

慧斗が短く息を詰める気配が背後から伝わってくる。

「これを、どこに挿れて欲しいんだ?」

「あ、あっ、俺の…っ、今、兄さんが指で虐めてるとこ……っ」

すっかり快楽を覚えてしまった姫之の肉洞は、指なんかでは到底物足りなかった。もっと圧倒的な質量の熱さが欲しい。

「あ……うっ」

ずるり、と中から指が引き抜かれて、姫之は背中を震わせた。すると両の膝の裏に手をかけられ、持ち上げられて、後孔の入り口に男根の先端があてがわれる。入ってくる、と思う間もなく、硬いものでこじ開けられた。

「ん、う、あぁああ…っ」

ぞくっ、ぞくっ、と快楽の波が体内を駆け巡る。ようやく欲しいものを与えられて、姫之の媚肉《びにく》は慧斗を存分に味わった。

「……すごいな、姫ちゃん、食いちぎられそうだ」

「ああ…あっ、そんな…っ、ああっ…！」

はしたないほどに脚を広げられ、思うさま奥まで突き上げられてしまう。姫之はまた何度もイってしまい、たちまち理性が熔《と》け崩れた。もう何も考えられない。

「慧斗…兄さ…っ、ああっすご…いっ、あっ、気持ちい…っ」

慧斗にいいようにされ、姫之もまたその手管に溺れる。恥ずかしかったはずなのに、いつしか姫之は自分から腰を振り、彼の動きに合わせていった。


「――――石川《いしかわ》のおじさんが？」

『そうよ。昔近所に住んでいたでしょう？　あなたも可愛がってもらっていたじゃない。だからね、先方がどうしてもあなたにも来て欲しいって……』

母親からの電話は、以前住んでいたあの町にいる親戚の訃報だった。

『明日お葬式に行くから、あなたも来れる？　忙しかったら無理しなくていいのよ』

「いや、大学はもう休みだし」

電話の向こうで、母の声は渋っているようにも聞こえた。まるで姫之をあの町に連れて行きたくないような。

『もうずいぶん帰ってないし、少し向こうでゆっくりすることにしたの。だから何日か滞在することになるわよ。姫之も懐かしいでしょ』

「わかった」

『本当に大丈夫？』

「？　大丈夫だけど？」

『そう…』

母の、ため息をつく気配が聞こえてきた。親戚の訃報に気を落としているのかもしれない。

だが、それほど親しくしていただろうか。

『じゃあ、明日お父さんとアパートまで行くわね』

母は言いたいことだけを言って電話を切ってしまった。姫之はため息をついてスマホをしまう。

「どうかしたか？」

慧斗が訝《いぶか》しげな様子で声をかけてくる。

「ああ、うん…、田舎で親戚に不幸があったらしくて。明日向こうに行くことになった」

「……あの町へ？」

「そう」

電話を受けたのは、いつも通り慧斗の部屋にいる時だった。この頃はもう、彼のところで課題やレポートをするようになっていた。

「君の実家はあそこにはもうないんじゃなかったか？」

「そうなんだけど、その石川さんて親戚の家に何日か泊まることになったんだ」

「君も行かなければならないのか？」

「え？」

「ただの親戚なんだろう。それも、長いこと没交渉だった――――。それなのに、姫ちゃんまで行く必要はないんじゃないのか？」

「……先方が、こんな時でもなければって、どうしても来て欲しいって……」

「……そうか」

その時ふと、姫之は、彼の様子がどこか変なことに気づく。まるで姫之を行かせたくないみたいだ。

「……どうかした？」

「いや、なんでもない」

彼はすぐに普段の顔を取り戻した。

「少しの間会えないのが、寂しいって思っただけだよ」

頬を撫でられて、姫之は顔を赤くする。慧斗と再会してからというもの、彼の存在は姫之の中でどんどん大きくなっていった。暗示を解かれて、忘れていた分を取り戻すかのように。

(――――あれ?)

その時だった。姫之の中で、何か小さな点が生まれた。今の今まで気づきもしなかったもの。それは疑念というものだった。

――――暗示というのなら、自分のことを好きにさせるようにするのも可能なんじゃないか?

どうしてそんな考えに至ったのか、自分でもわからなかった。ただ、彼と再会して暗示を解かれてから、少しずつ、少しずつ霧が晴れるように、見えなかったものが形を現しはじめていくような感覚があった。

(この感情が――――、植えつけられたもの?)

姫之は、慧斗のことが好きだった。会うたびに愛欲にまみれて堕《お》ちていくのも、彼に対する気持ちがあればこそだと思っていた。

「――――っ」

足元が心許《こころもと》なくなっていく感覚に、目眩《めまい》を覚えそうになる。今、俺が立っている場所はどこだ？　俺の記憶は、俺の感情は、本当に俺のものなのか？

慧斗は、まだ姫之に返していない記憶があると言っていた。それこそが、自分の本当の感情なのではないだろうか。

その感情の姫之は、本当に慧斗のことが好きなのだろうか。

「――姫ちゃん？」

呼びかけられ、姫之はびくりと肩を震わせる。

「どうかしたか？」

「……ううん、なんでもない」

姫之は首を振り、さりげなく慧斗から距離をとった。

怖いのだ。彼と、彼が持っている自分の記憶が。

「ごめん、俺、今日は帰る。明日の用意とかしなきゃいけないし」

「そうか、なら送って行こうか？」

「大丈夫」

姫之はかぶりを振る。ここから逃げだそうとしている自分に、彼はすんなりと了承した。そのことに、どうしてなのか胸が痛む。

「一人で帰れるから。まだ夕方だし」

姫之は手早く帰り支度をすると、じゃあ、と言葉も短く慧斗の部屋を後にした。マンションを出ると、いてもたってもいられなくて、駅までの道を走り出す。

そんな自分を慧斗が部屋の窓から見つめていたことは、気づく由もなかった。


数年ぶりに来た町は、昔よりも少し拓《ひら》けたような印象があったが、たいして変わっていなかった。

「昔のまんまねえ」

車から降りた母は辺りを見回し、ぽつりとそう呟《つぶや》いた。

「もっと都会になっているかと思ったけれど、相変わらずね」

そういう母の声はひどく冷え切っていて、彼女がこの土地にいい思いを抱いていないということを知らされる。

――ここを出ていく時、何があった？

聞いてみたいとは思うが、姫之にはその勇気がない。慧斗と再会してから、彼に関する記憶だけは思い出せているのに、それ以外のことは相変わらずあやふやなままだ。特に、中学生以降のことはまったくと言っていいほど思い出せない。

（この間に、何かあったんだろうか）

けれど姫之はその穴に手を伸ばす気にはなれない。何か、とんでもないものを白日の元に晒《さら》してしまいそうで、恐ろしかった。

葬儀に集まってくる人は、姫之にとって知らない人ばかりだった。着慣れない喪服を身につけ、一通りの儀式を終えた後は、何をするでもなく時間を持て余してしまう。

姫之は普段着に着替えると、そのへんを散歩してくる、と言って親戚の家を出た。

ここは姫之の生まれ育った町だった。懐かしくもあり、どこか空々しい空気を感じさせる場所。空が端のほうからオレンジ色に染まっている。もうすぐ陽《ひ》が暮れるだろう。

葬儀に参列したせいだろうか。それとも、この町の雰囲気に呑《の》まれてしまったからなのか、姫之の足取りも重かった。それでもじっとしているよりはと出てきてしまったが、こうして歩いていると、記憶がところどころ欠けていることを思い知らされてしまう。

慧斗兄さんは、どうして俺の記憶を持って行ってしまったのだろう。

彼は、この町にいた時の姫之と深い関係にあり、姫之が都会で誰にも性愛の感情を持たないように暗示をかけたと言っていた。

――――けど、それっておかしくないか？

姫之を縛りたいだけなら、何もこんなに多くの記憶を奪っていくことはない。催眠や暗示の技術についてはよく知らないが、慧斗が卓越した術者だというのなら、こんなやり方は雑なように思える。現にこうして、自分は疑念を抱いてしまっているではないか。地域から畏れられているほどの家の者ならば、もう少しうまくやれるのではないかと思うのだ。

だが、それはあくまで姫之の想像だ。慧斗にも何か事情があるのかもしれない。

(なら、それを教えてくれればいいのに)

大事なことは何も言わず、セックスで溺れさせて丸め込むようなやり方はずるい。ここに来て初めて、姫之は自分が怒っているのだと知った。

怒ってもいるし、少なからず傷ついてもいる。そして自分の彼に対する感情が本物であるかどうか確信が持てないことに、動揺もしているのだ。

慧斗のことが子供の頃から好きだ。身体を重ねるようになったことは、少しも後悔してはいない。彼とする行為も好きだ。

だからそれが、本当のことだという確信が欲しい。

「――――」

肺の底から大きなため息をついた。こうして鬱々と考えていても仕方のないことだろう。けれど慧斗に問いただしても、教えてはくれないだろうと思った。

物思いに耽っていると、なだらかな平地の向こうに学校が見えるのに気づく。そこは姫之が通っていた小学校だった。

(慧斗兄さんと初めて会ったのは、あそこに通っていた時だったな)

姫之の足はなんとなくそこへ向いた。近づくにつれて、錆《さ》び付いたフェンスに囲まれた校舎が見える。今日はもう授業が終わっているのか、そこには人影はなかった。

姫之は小学校を離れ、町の奥側――――山のほうに歩いて行く。すると今度は、前方に大きな家の影が見えた。

(――――あれは)

姫之の足が自然と速くなる。黒い、大きな屋敷の影。慧斗が暮らしていた、端田《はなだ》邸だった。

姫之は大きな門構えの前に立つ。表札は外されていたが、外から見る限りではさほど傷んでいるようには見えない。おそらく最低限の手入れはされているのだろう。だが、姫之がここを訪れる時、いつも出入り口として使っていた縁側から入る場所には柵が設置され、それ以上は行けないようになっていた。慧斗はこの家を、人手に渡さず、まだ所有しているのだろうか。

その時、小学校のほうから音楽が流れてきた。夕方の五時になると流れる音楽だ。スピーカーから流れるその旋律はどこか間延びして聞こえて、なんだか少し不気味だった。

――――チクッ
「あ」

脳の片隅で、小さな断片がこぼれ落ちる。それが何を表すのか、姫之は目をこらして見ようとした。

――――どこかの、薄暗い建物の中。大勢の人。涙で曇った視界に映る天井が、覆い被《かぶ》さってくる男の顔で塞がれる。

「……っ！」

ぐらり、と身体がよろめいた。一瞬垣間《かいま》見えた光景が何を表すのか、理解することを脳が拒否している。

（なんだ、これ）

頭の中のどこかで鍵が開く音がする。扉がゆっくりと開き、そこから暗黒の空間が見えた。そこにあるものを、見たくない、と本能が叫ぶ。

「……あら？　姫之君？」

突然呼び止められた姫之は、はっと現実に引き戻された。振り向いた先に、白髪の交ざった髪を纏《まと》めた女性が立っていた。

「平《たいら》さんとこの姫之君でしょう？」

「……はい」

「あらまあ、すっかり大人になって、見違えたわ――――。ああ、石川さんとこのお葬式で来たのね。元気だった？」

「はい……」

姫之は覚えてはいないが、どうやらこの女性は姫之のことを知っているらしい。おそらく、この町にいた時の顔見知りなのだろう。

「そう、立派になって――――、なんていうの？　垢抜《あかぬ》けたわね。あの時は、どうなることかと思ったけど――――」

　あの時。

　やはり、昔ここで姫之の身に何かあったのだ。目の前の女性は姫之を見てしきりに頷《うなず》き、自分の感慨に浸っていた。

「やっぱり男の子だし、女の子とは違うのかしらね？　まあ、妊娠しないっていう点ではよかったわね」

「――――」

「それにしても、あんな事件、こんなにのどかなところで起こるなんてびっくりしたわ。犯人達だって、みんなこの町の人だったわけだしね。ほんとにね」

「あの、それは、どういう――――」

　姫之がそこまで言うと、女性ははっとしたように口を噤《つぐ》んだ。

「あら、嫌だ――――、ほほ、私ったら調子に乗っちゃって」

　姫之の反応で、自分がまずいことを言ってしまったということに気づいたのだろう。じゃあね、元気でね、という言葉を残し、彼女は足早にその場を去ってしまった。

　取り残された姫之は、ただじっと立ち竦《すく》んでいる。

　記憶の扉が完全に開いてしまい、その中の深淵《しんえん》が見えてしまったのだ。

「……そんな」

足元から力が抜け、姫之は立っていられずに、その場に頽《くずお》れる。声は出なかった。押し殺した呼吸の合間に、震える吐息が漏れる。

――嘘《うそ》だ。そんな。そんな――。

姫之は何度も何度も否定した。慧斗が封じた記憶のかけら。それは、こんな残酷な事実を孕《はら》んでいたなんて。

「……すまない」

その時、今一番聞きたくて、一番聞きたくない声がした。姫之はゆっくりと振り返る。そこには、東京《とうきょう》にいるはずの慧斗がいた。

「……どうしてここにいるの」

「君が心配で。追いかけてきた」

慧斗はかつて自分が住んでいた家を見上げ、ふう、とため息をつく。

「中に入ろう」

慧斗は鍵を取り出した。この家の鍵だろう。彼は地面に座り込んでいる姫之に手を差し伸べてきた。姫之はその手を見つめる。この手が大好きだった。俯《うつむ》いて、一人で立ち上がると、彼は困ったように微笑み、その手を引いて門と玄関の鍵を開ける。

思った通り、家の中は誰かの手が入って、清潔さを保っていた。けれど、この空間の中には誰もいない。耳が痛くなるほどの静謐《せいひつ》さに包まれていた。

「……この家、ずっと誰もいないの」

「町の人が定期的に管理してくれる。俺自身は、年に一度、帰るか帰らないかってとこだな」

通されたのは、姫之もよく知る彼の部屋だった。もともと物が少なかった部屋は今はがらんとしていて、机や空の棚、ベッドだけが置いてある。

絨毯《じゅうたん》もクッションもないからと、姫之はベッドに座らされた。慧斗も隣に腰を下ろし、少しの間無言でいる。

「……全部思い出してしまったのか」

「多分」

姫之は小さく答えた。

「俺はここにいた時に、男の人達にどこか……、資材置き場みたいなところで、やられていた。それも一度じゃなくて、多分脅されるか何かして、何度も」

姫之は顔を上げて、慧斗のほうを見る。

「俺を抱いていたのは、慧斗兄さんじゃなくて、ろくに知らない男の人達だったんだね」

そう言うと慧斗は、とても悲しそうな顔をした。

「……ある日、突然、君のお母さんが、ひどく思いつめたような顔をして俺のところにやってきた。お母さんが話してくれた内容に、俺はひどく驚いたよ」

姫之が受けていた行為は発覚し、それは両親の知るところとなった。両親はこの町を去ることに決めたが、身内は反対だったようだ。思い悩んだ母は、この町で畏れられている、催眠の力を持つ慧斗の元へ姫之を連れていく。そして姫之の陵辱の記憶を消してくれるように慧斗に頼んだ。母は姫之と慧斗が親交を持っていたことは、もちろん知らなかった。

そこで姫之は慧斗に暗示をかけられる。彼の指がこめかみに触れ、それから瞼《まぶた》へと滑っていく。あの時、凍り付いていた姫之の心は、その感触だけを感じていた。

「君の様子がおかしいことには気づいていた。けれど人と関わることが極端に少なかった俺には、それを問いただしていいものか最後まで判断がつかなかった。俺はそのことを、今でも後悔している」

「……多分、それでよかったんだよ。あんなこと慧斗兄さんに知られたら死んでしまうって思っていたから」

当時の姫之にとって、慧斗との時間は何よりも得がたいものだった。それを、あんな屈辱的な行為に邪魔されたくはない。

「何故《なぜ》だ。俺はそんなに頼りなかったか」

「そういうことじゃない！」

姫之は初めて声を荒らげた。

「あんなこと、誰にも知られたくない。誰にも……！　ましてや、慧斗兄さんには、絶対に」

姫之の目には涙が浮かんでいた。

「姫ちゃん……！」

慧斗はまるで苦痛に耐えているように眉を寄せ、姫之を抱き竦めた。彼の腕の中は熱い。熱くて、まるで火で灼《や》かれているようだった。

「俺は……、俺は、君のお母さんの願いを受け入れた。術を受ける前の君は、度重なるストレスでまるで抜け殻みたいで……。そんな君を放っておくなんて、とてもできなかった」

姫之自身も、その時のことはよく覚えていない。周りに知られないようにいつも通りに振る舞おうとして、それが自身の心にさらに負担をかけていたのだろうということはわかる。そしてある時、姫之の心は壊れてしまったのだ。

「君に暗示をかけようとしたが、難しかった。陵辱の記憶だけを消そうとしても、その事柄が別の出来事にも複雑に絡み合っているせいで、分断がうまくいかない」

外科手術の際に、患部だけではなく、その周りの組織も大きく切り取ってしまうことがある。姫之が受けたのは、そんな暗示だった。そのせいで姫之は、慧斗のことも忘れてしまっていた。

「……本当は、あの時、君に声をかけるべきじゃなかったのかもしれない。けれどそうしなければ、君はホテルに連れ込まれて、また同じ事になってしまう。その状態で何もかも思い出してしまうと、君の心は再び壊れ、もう二度と治らない可能性もあった」

だから慧斗はあえて自分のことを思い出させ、陵辱の記憶を自分との行為に変換させようとしたのだ。

「……そう、なんだ」

姫之は呆然《ぼうぜん》と呟く。

「慧斗兄さんは、俺のことが好きであんなことをしたんじゃなかったんだね」

今、落胆を感じているのは、自分が彼のことを好きだからだ。過去に抱かれていなかったとしても、あの時の自分は慧斗のことを慕っていた。思慕ではなく、情欲の強さで。

だが、彼から返ってきたのは、思いがけない言葉だった。

「――本当にそう思うのか？」

「……え？」

「俺との行為を思い出してみろ。俺がどんなふうに、姫ちゃんを抱いたのか」

慧斗が纏う空気を変えて姫之の腰を抱きしめる。下半身が密着し、彼のものが兆しているのがわかる。姫之は息を呑んだ。

慧斗は姫之を抱く時、いつも自身の欲望を抑えてまで、姫之の快楽に仕えていた。

「あんな手間暇をかけた抱き方は、好きでもない子にはできないよ。俺は本来、自分勝手な男だ」

「で、でも……」

姫之は狼狽《うろた》える。

「君の身に何が起こったのかを聞かされた時、俺がどんな思いだったと思う？　気がつけなかったことを死ぬほど後悔した。自分を責めた。それだけだったなら、なるほど立派な男だったかもしれない。けれど、俺の中で一番大きかった感情は、嫉妬だ」

「――――」

慧斗の食い入るような瞳に捕らえられ、姫之は目が逸《そ》らせなかった。

「そこいらにいるどうでもいいような男達が、君の肌に触れていいように貪った。俺はそれが一番――――許せなかった」

「……慧斗兄さん……」

「だから俺は、君の中から男達の存在をまるごと消した。俺の存在ごと」

「――――…」

姫之は圧倒されていた。彼が、それほど大きな執着をあの頃から自分に持ってくれていたなんて、考えたこともなかった。

「残念ながら、俺の術は永遠には続かない。いつかは君もすべてを思い出してしまうだろう。だからせめてその時に、俺が側《そば》にいたいと思った」

姫之は喘《あえ》ぐように大きく息をつき、耐えられずに目を伏せる。全身が心臓になってしまったように、どくん、どくん、と脈打っていた。顔が熱い。もう、昔の陵辱の記憶など、ずっと遠くに行ってしまった。彼はやはり、卓越した術士なのだ。慧斗に責めるべき過失があるとすれば、それは。

「……どうして」

「すまない。君の記憶を勝手にいじくってしまったことは謝る。すべては俺のエゴだ」

「違う。どうしてあの時から、俺のことを抱いてくれなかったんだ。あんな奴らより先に」

それを言うと、慧斗はびっくりしたように姫之を見た。

「……当時は、俺にも一応倫理観というものがあった。けど、今は君の言う通り、後悔している。まだ年端もいかないからと、自制しているうちに他の男に無理やり散らされてしまった。それくらいなら、愛も欲もぶつけて、自分のものにしてしまえばよかった」

慧斗は一呼吸置いて、姫之に訊《たず》ねた。

「……今からそうしても、遅くないだろうか」

「…けい、と、にいさん」

息がうまく吸えない。焦げ付きそうな炎を宿した彼の瞳が、姫之の身体を射貫《いぬ》いた。

「――――答えてくれ。姫之。頼む」

強く抱き竦められ、懇願される。そうされると、抵抗する力も抜けていってしまうのを、知っているくせに。

「……ひとつ、だけ、教えて」

姫之は必死で息を吸いながら、震える指で慧斗の頰に触れた。

「俺が慧斗兄さんのこと好きだって思うのは、兄さんの暗示じゃないよね……？」

彼は虚を突かれたような顔をする。それから一瞬泣きそうな表情になったかと思うと、ひどく嬉しそうな笑みを浮かべた。

「俺には、そんなことはできない」

人を好きになる気持ちは、どうにもできない。

「けれどそんな技術をもしも持っていたら、あの時、姫ちゃんに使っていたのかもしれないな」

　それくらい君のことが欲しかった。

　そんなふうに言われて、目眩を覚える。

「――――遅くない、よ。慧斗兄さん」

　姫之は慧斗に両腕を回した。

「兄さんのものにして――――。全部。俺が嫌だって言っても」

　掠《かす》れた声で哀願すると、抱きしめてくる腕が震えたように感じた。

「わかった。これからずっと、俺のものにするからな。覚悟してくれ」

　彼のベッドに沈められる。もうとっくに火照っていた身体は、シーツの冷たさを頬に感じた時、心地よい、と思った。

「ん、ぅん、んん…っ」

舌根が痛むほどに強く吸われて、姫之はうめき声を上げた。

「あ、ふ…」

けれどすぐに彼の舌先で敏感な口内を舐《な》め上げられ、身体中がぞくぞくとわななく。姫之もまた必死で慧斗の口づけに応えようと、自分から顔を傾け、彼の舌を吸い返した。

「ん、ふ…あっ！」

舌を絡め合っている時に、慧斗が下半身を姫之のそれに擦りつけてくる。衣服越しに感じる熱と存在感に、もどかしい刺激を感じて恥ずかしくなる。

「あ……、すごい」

「姫ちゃんとこうすると思うだけで、いつもこんなふうになる」

「……すぐ挿れたいなら、そうしてもいいよ」

そう言うと、慧斗は悪戯《いたずら》っぽい顔で笑った。

「駄目だよ」

「あっ」

もっと強く、ぐっ、と押しつけられ、胸がどきどきと高鳴る。

「姫ちゃんが気持ちよくなっているのを見るのが好きなんだ。挿れられてすぐイっちゃうくらいに」

「もう……」

呆《あき》れた姫之が小さく笑いを漏らすと、その瞼に口づけられた。

甦《よみがえ》った陵辱の記憶は、きれいさっぱり、気にならないというわけにはいかず、確かに姫之の心の奥に暗く根付いた。その影の記憶は、おそらくことあるごとに表層に浮かび上がってきて、姫之を苛《さいな》むだろう。

けれど、それがなんだというのだろうか。

一度壊れた姫之のために、大きな嘘をついて、自分の存在さえ消し去ってしまった男が、正面から欲しがってくれるのだ。

そんな彼が側にいてくれるというのなら、きっと耐えられる。

「姫ちゃん……、姫之」

「あ、あ…っ」

衣服を乱され、露わになったところから口づけられていった。胸の上にぷつんと勃ち上がっている突起を優しく舐め転がされて、じくじくと快感が込み上げる。

「ふ、あ…っ、そこ、きもち、いい…っ」

素直に快楽を口にすると、もっと気持ちよくなるような気がした。朱《あか》く膨れた胸の突起をたっぷりと愛撫されて、我慢できなくなった姫之は啜《すす》り泣く。

「こっちも舐めてやるから、脚を開いてくれ。…もっと大きく。そう、いい子だ」

慧斗の言う通りに、彼の前で脚を開いた。恥ずかしいところが露わになり、恥ずかしくてどうにかなりそうになる。慧斗はそんな姫之の内股を押し広げると、そこに顔を埋《うず》めてしまった。

「ぅあぁっ」

深く咥《くわ》えられ、腰骨がじん、と痺《しび》れる。鋭く突き抜けるような快感は、姫之を悶えさせた。根元を指の腹で愛撫されながらねっとりと舌を絡められ、足の指がぶるぶると震える。

「あ、ん…あ、あっ…！」

我慢できずに腰が浮いた。時折快感の強さに耐えられず、身体が無意識に逃れようとずり上がりそうになるが、その度にがっちりと腰を摑まれ、引き戻される。そして逃げた罰だとばかりに、弱い場所をじゅうじゅうと吸われた。

「ああっ、ああああっ！　ひ、ぃ…っ」

目の前がちかちかと瞬く。下半身が熔けそうで、姫之は啼泣《ていきゅう》した。

「ああっ…、あんんっ、いくっ…、イくうう…っ」

「…姫ちゃんは、俺に舐められるの、好き…？」

「んっあっ、すきっ…、好きぃぃ……っ」

気持ちよすぎて苦しいのに、裏筋をちろちろと舐め上げられると、もっと、もっとと言いたげに腰を浮かせてしまう。慧斗に優しく虐められるのが好きだった。もっと責めて、泣かせて欲しい。

「ここ、パクパク開いたり閉じたりして、可愛いな」

先端の小さな蜜口が、快楽に悶えるように収縮している。そこに舌先をねじ込まれて抉《えぐ》られ、姫之は喜悦と苦悶《くもん》がない交ぜになったような声を上げた。

「く、ひぃ…いっ、あああぁぁあ」

快感が大きすぎて、イくことすらできなかった。慧斗は無体を詫《わ》びるように、蜜口を優しく舌先でつつき、先端に軽いキスの雨を降らせる。双果は掌《てのひら》で転がされ、くすぐるように愛撫された。

「たくさん溢れてるよ…。イきたい?」

姫之の屹立は、蜜口からとめどなく愛液を滴らせ、張り詰めてつらそうに震えている。感じやすいそれは、ほんの少しの愛撫にも耐えられはしなかった。

「い、く…っ、慧斗、兄さんに、舐められてイきた……っ」

「俺にしゃぶられてイきたいんだな。いいよ」

ぬる、と陰茎全体が慧斗の口に含まれる。彼の舌が絡んできて裏筋を擦られ、先端を強く吸い上げられた。

「あ、あ———…っ」

背中がシーツから浮く。姫之は下肢を不規則に痙攣させながら、目も眩《くら》むほどの絶頂を味わされた。

「あ、く、あぁぁあっ」

どくん、どくん、と脈動が跳ねて、精路を白蜜が駆け抜けていく。姫之は慧斗の口中で白蜜を弾けさせた。

「あっ、あーっ、出ちゃう、出るっ……！」

恥ずかしい蜜は慧斗に飲み下され、彼の舌はもっと奥まで差し込まれていく。収縮する後孔まで舐め上げられて、姫之は快楽と惑乱で泣き声を漏らした。

「あっ…ん、あぁぁ…っ」

「これから俺を受け入れてくれるところが、すごくヒクヒクしてるよ…。早くって、誘ってるみたいだ」

そう思うのなら、早く挿れて欲しい。下腹の奥がさっきから疼《うず》いて、内壁がうねっているのが自分でもわかる。

「挿れていいか？」

「んっ、ん…っ」

姫之はこくこくと頷き、自らの指でその場所を広げて見せた。

「こ、こ…っ、ここに、はやく、挿れてえ…っ」

自分でも、目を覆いたくなるほどに恥ずかしい真似《まね》をしていると思う。けれど、こんなにいやらしい行為をしたくなるほど、姫之は昂ぶり、興奮し、感じているのだ。

「……そんな可愛いことをすると、どうなっても知らないぞ」

慧斗が服を脱ぎ捨て、自らのものを握って姫之に挑んでくる。蠢《うごめ》く肉環に凶器の先端が押しつけられ、一気に押し這入《い》ってきた。

「うぁ、あああぁあっ」

かろうじて、最初の一突きで達してしまうのは耐えたらしい。姫之の屹立は下腹につきそうなほどにそそり立ってはいたが、まだ射精には至っていなかった。

「うう、ぁ…っ、あああぁ…っ」

慧斗の男根が根元まで這入《はい》ってくる。最奥の一番我慢ならない場所に先端を押しつけられ、姫之の全身がびくん、と跳ねた。

「姫ちゃんがいつも泣くところ…。可愛がってやる」

「あっあっ、だめっ、やっ」

「どうなっても知らないと言ったろう?」

慧斗は大きく腰をグラインドさせ、遠慮なしにそこを突き上げてきた。

「んあぁ――――っ」

許容量を超えた快感に、姫之が耐えられるはずがない。挿入時に耐えたものも、その瞬間に盛大に白蜜を噴き上げてしまった。

「イってしまったのか?」

「こん、なのっ、ああっ、ああっ！」

慧斗が突き上げる度にイってしまいそうな快感に呑まれ、翻弄される。肉洞の中はとろとろに蕩けて、抽挿すると卑猥な音を響かせていた。繋《つな》ぎ目が白く泡立つ。

慧斗は喘ぐばかりの姫之を抱きしめ、その上体を持ち上げた。自重で慧斗のものを根元まで呑み込んでしまうことになり、先端が当たってはならないところを撫で回してくる。

「んあぁああっ」

「姫ちゃん……」

慧斗の両手が姫之の双丘を乱暴なほどに揉みしだく。そうされると内壁がよけいに彼の男根に擦られて、姫之は正気を失うほどに泣き喘いだ。

「ひぃ…あ、ああ…っ」

「姫ちゃん、好きだ、可愛い」

もう達しているのかいないのかわからなくなっている姫之の唇に、慧斗は熱っぽい言葉を囁きながら口づける。

「んんっ…ああ、慧斗、にいさ…っ」

ずっと昔から守ってくれていた男。姫之が彼を忘れていた間も、忠実に。

「好き。俺も、すき」

ずっと離さないでいて。このままずっと、繋がっていたい。

忌々しい思い出のある町で、互いの境界もわからなくなるほど絡み合う。それがどんなに呪わしい記憶でも、もう構わないと思った。

記憶の忘却の代償

涙で歪《ゆが》んだ視界はぐちゃぐちゃだった。

身体《からだ》の奥が焼けそうなほどに熱くて、そこから今にもどろどろと熔《と》け崩れていってしまいそうだった。

「――……っ、ひ、あ……っ」

すごく変な、みっともない声がひっきりなしに喉から漏れている。それは屈辱と羞恥と、そして隠しきれない快感の声だ。

「――どうだ。もうずいぶん感じるようになっただろ」

「男の子のここはな、女の子よりも気持ちがいいんだぞ」

男の腰がずん、と突き出されて、姫之《ひめゆき》の肉洞の奥を抉《えぐ》る。そうすると、下腹の奥からじゅわあっ、と快感が込み上げてきた。

「んんああっ」

姫之は黒髪を振り乱し、身体中に広がっていこうとする感覚を嫌々と厭《いと》う。助けを求めるように宙に伸ばされた腕は、すぐに別の男に捕らえられて台の上に押さえつけられた。

「なんだ、元気だな。もっと力を抜かせてやろうか」

男の指が姫之の身体の敏感な部分を這《は》う。両の乳首をくりくりと転がされ、股間のものも握られて、容赦なく扱《しご》き立てられた。

「あぁひっ！　あっいやっ、あっあっ、ああ――――っ」

あまりの快楽に身体がのたうつ。抱え上げられて揺れる足のつま先にも舌を這わせられ、足の裏から指の股までねっとりとしゃぶられた。

「んんう……っ、あ、や、それ、しないで、あっ、しないでぇ……っ」

「可愛《かわい》いねえ」

男の誰かがそう言う。

「最初は嫌がっていたが、俺たちに可愛がられてすぐにひいひい言うようになったじゃないか。もともと好きものなんだろう」

「セックス楽しいだろう？」

「――――〜っ！」

姫之は違う、というように首を振る。こんなこと、全然楽しくなんかない。無理矢理犯されるのなんか、好きなわけないのに。

「嘘《うそ》はよくないぞ」

「ああぁあ」

挿入された男の先端が、姫之の弱い場所をぐりり、と抉る。すると我慢できない快感が襲ってきた。思わず自分から腰を揺らしてしまいそうな。

「正直になるまで、ここをトントンしてあげような」

「あっやだっ！　ああっ、あっ！　んあぁぁあ――――……っ」

泣き声とも、嬌声《きょうせい》ともつかない声が部屋の中に響く。嫌なのに、快感に抗《あらが》えない自分の身体が悔しかった。

（いつまでこんなことが続くんだろう）

かき回され、見る影もないほどに乱された意識の中で、姫之はぼんやりと思う。だがそんな考えすら押し流さんほどの、激しい快感が込み上げてきた。

（――――あ、イく――――イく！）

「そうら、腰が痙攣《けいれん》してきた。またイくぞ」

おもしろがるように誰かが言う。次の瞬間、頭の中が真っ白に塗り替えられ、身体がどこかに放り投げられるような感覚がした。そしてそのすぐ後で、引きずり込まれるような極みがやってくる。

「あぁぁああ――――……っ」

哀れな肉体は悲鳴を上げ、姫之は望まない絶頂を無理矢理味わわされるのだった。

「――姫ちゃん！」

「……っ！」

突然現実に引き戻され、姫之は大きく息を吸い込み、目を見開いた。その拍子に、溜《た》まっていた涙がぽろりと落ちる。

「大丈夫か姫ちゃん。夢だ。ひどく魘《うな》されていた」

「……っ、けい、と、にいさん……」

姫之は掠《かす》れた声で慧斗《けいと》の名を呼んだ。彼は指先で姫之の涙を拭うと、汗ばんだ額の髪をかき上げ、そこにそっと口づける。姫之の肩がぴくり、と震えた。

「いま、何時……」

「まだ四時だ。夜明け前だよ」

肩を抱かれ、慧斗の裸の胸に抱き寄せられる。では、自分はまたあの夢を見たのだ。故郷の町で起こった、忌まわしい出来事の。

「ごめん、起こしたよね」

「そんなことはいい」

大きな手で背中を摩《さす》られる。そうしていると、激しく脈打っていた心臓がだんだんと落ち着いてくるのを感じた。戻ってきた。ここに。そう思うと、涙が出そうになる。

姫之が慧斗に封じられた記憶をすべて思い出してから一ヶ月。子供の頃から想《おも》っていた慧斗と結ばれ、心も体も通い合わせた。幸せだと思った。けれどあの事件は、未《いま》だに姫之を追いかけてきた。記憶をすべて思い出してしまったことによって、姫之はその時のことを夢に見るようになってしまっていた。

「ごめんね、慧斗兄さん」

「謝るな。姫ちゃんのせいじゃない」

慧斗の腕の中で、姫之は僅かに身を捩《よじ》る。収まったはずの鼓動が、またゆるやかにどくどくと脈打ち始める。身の内を苛《さいな》む衝動に、姫之は唇を噛《か》んだ。

あの出来事の夢を見た後、姫之は強烈な性衝動に襲われる。それは発情と言ってもいいほどだった。急激に記憶を取り戻してしまったことによる反動のようなものだと慧斗は言った。身体に刻まれた陵辱という記憶を数年の間消したはいいが、それを一度に思い出してしまった副作用のようなものだと。それは時間が経《た》つにつれ、いずれ消えていく。だがその間姫之はずっと、あの屈辱的な出来事を夢とはいえ追体験させられ、目が覚めてからも、まるでその行為が続いているように身体を疼《うず》かせてしまうのだ。

「俺にまかせてくれ」

「あ、んっ……」

唇を深く重ねられる。慧斗の熱い舌が入ってきて姫之のそれと絡むと、胸の奥が震えそうだった。この人は大好きな人。

「……慧斗にいさ……」

「力を抜いておいで」

組み敷かれて、もう一度キスをされてから首筋を吸われて、姫之は長いため息を漏らす。

「……ああ……」

「君を悦《よろこ》ばせてあげるのは俺だ、姫ちゃん……」

慧斗の低い声が肌をわななかせる。そうだ。今俺を抱いているのは、彼だ。

彼は姫之の喉もとにそっと歯を立ててから、唇をいたるところに這わせていく。

「あ、はっ」

両の乳首をそっと摘《つ》まれ、転がされて、じいん、とした痺《しび》れが甘く広がった。

「あっ、あっ、そ、こ……っ」

「乳首気持ちいい?」

「う、んっ……、きもちいい……っ」

巧みな指先でくにくにと揉《も》まれると、身体中から力が抜けていくようだった。なのに足のつま先がぴいんと突っ張って、ぶるぶると震えてしまう。

「どうされるのが好き?」

「あ…」

姫之の喉がひくりと震えた。そこはどうされても気持ちがいいのだが、特に好きなされ方というのは、やはりある。

「かりかりって、して……」

「こう?」

慧斗は爪の先でいたぶるように姫之の乳首を何度も弾《はじ》いた。その瞬間、鋭い刺激が貫いていく。

「っ、あっあっ!」

彼の指先は乳暈《にゅううん》を焦《じ》らすようにくすぐって、また突起に戻ってきた。姫之はその度にびくびくと身体を震わせ、甘い声を上げる。身体の芯が蕩《とろ》けてしまいそうだった。

「……あっ、は…っ、い、イきそう……っ」

「それは少し早いな」

慧斗が耳元でくすくすと笑う。雄の色香が漂うその響きに、姫之はぞくぞくとわなないた。

「これも好きだろう?」

慧斗が乳首に舌先を這わせる。突起を転がされ、口に含まれてじゅううっと吸われてしまい、腰の奥に快感が直結した。

「あ……あっ!」

たまらない刺激に思わず仰《の》け反る。敏感な突起が彼の口の中で引っ張られ、舌で撫《な》でられると、背中の震えが止まらなくなるのだ。姫之のそれはぷっくりと朱《あか》く腫れて、彼に可愛がられる毎《ごと》に弱くなる。もう片方も指先での責めに対し、かわいそうなほどの反応を示していた。

「どこもかしこも敏感で、可愛いよ姫ちゃん……」

「ふあ、あ、恥ずかし……っ」

こんなにいやらしい自分の姿を彼の前に晒《さら》してしまうことに対して、まだ抵抗はある。けれど慧斗はこんな姫之さえも褒めてくれ、可愛いと言ってくれるのだ。それが嬉《うれ》しくてたまらない。

「もっと恥ずかしいことをしてあげよう」

膝の裏に手をかけられ、両脚が大きく開かれた。彼の唇がさらに下へと移動していくのに、何をされるのかわかってしまう。

「ああ……それ、は……っ」

自分が味わうであろう快楽を予想してしまって、姫之は喘《あえ》いだ。一番無防備なところに慧斗の頭が沈み込み、そこでそそり立っている肉茎が熱く濡《ぬ》れたものに包み込まれる。根元から裏筋を舌で擦《こす》られ、腰から下が熔けそうになった。

「あはぁあっ、あ、んあぁあぁ……っ！」

気持ちがよすぎて、気が遠くなる。強烈な快感に、目尻に涙が浮かんだ。

「ああ、あ――……っ」

強く弱く吸い上げられると、もう駄目になる。つま先まで甘い毒のような痺れが走って、姫之は身体の下のシーツを強くわし掴《づか》みした。快楽神経が剝《む》き出しになったような粘膜を何度も舐《な》め上げられて、たまらない。

「ああっ、けいと、にいさ……っ、ふ、ア、あああっ」

慧斗から与えられる快感が、悪夢の記憶に上書きされていく。先端の割れ目をくちゅくちゅと舌先で虐《いじ》められると、姫之の腰ががくがくと痙攣した。少し苦しくて、どうしようもなく気持ちのいい感覚。

「いっ、く……っ、あぁっイくっ……！」

「……うん、いいよ」

ぬるり、と先端が包み込まれ、ぢゅうぢゅうと吸われた。頭が真っ白になって、何も考えられない。

「んんあぁあぁ」

身体の芯が引き抜かれそうな快感が腰の奥で弾け、姫之は絶頂に達する。慧斗の口の中で白蜜が勢いよく弾けた。喉の奥から、泣くような声が上がる。

「んん、んうぅ――……」

慧斗が姫之の蜜を飲み下してしまう気配がした。いつも思うが、あんなものをどうして飲めるのだろう。

「は……あ、は…っ」

まだ退《ひ》かない余韻に身体を震わせていると、慧斗の舌がもっと奥に忍び込んでいく。

「っ、あっ！」

びくん、と身体を震わせ、思わず腰を退こうとするが、力が入らない。そうこうしているうちに、慧斗の舌先は姫之の双丘の狭間《はざま》まで辿《たど》り着いてしまった。尻たぶを押し開かれ、ヒクつく後孔が露《あら》わにされる。

「だ、め……っ、んんんっ」

収縮する肉環に、慧斗の舌がねじ込まれた。背中にぞくぞくっ、と震えが走る。ねちゃ、にちゅ、と舌が蠢《うごめ》き、唾液が中に送り込まれた。

「……っふ、あ、うう……っう」

そんなところを舐められるのは、恥ずかしくてならない。なのに、蕩けてしまいそうなほどに感じた。後ろを舌で責められるだけでイってしまいそうだった。

「ああ、うう……っ、だ、め、そこ舐めるの……っ」

「どうして。姫ちゃんのここ、可愛らしくひくひくしてるよ？」

そしてまた後孔の入り口をちろちろと舐められ、姫之はああっ、と身悶《みもだ》える。さっきから下腹の奥が灼《や》け爛《ただ》れそうだった。

「挿《い》れて……欲しいから…っ」

「……何を？」

「あ、慧斗兄さん……の、をっ」

はしたなくおねだりをして、姫之は彼の目の前で腰を振って見せる。入り口、あるいはそれに近い場所ばかりを刺激されて、奥のほうが物足りないと疼いていた。

「挿れていいのか？」

わかっているくせに、彼はそんなことを聞く。

「う、んっ、来てっ…、挿れて…っ」

姫之は足のつま先で、彼の背中をなぞった。すると腰を掴まれて、いきり勃《た》った熱いものがさっきまで舐められていた場所に押し当てられる。姫之が息を呑《の》む間もなく、それは肉環を押し開いていった。

「うあ、ああぁあっ、――――っ！」

太いものが肉洞の壁を擦り、ずぶずぶと押し進んでいく。その快感に姫之はたまらずに達してしまった。さっき出したばかりの肉茎の先端から、ほんの少し白蜜が垂れる。ほとんど中でイってしまったようなものだった。

「……イってしまったのかい？」

「あ、あ…っ、だ、だって……」

「だって？」

慧斗はわざと姫之に言わせようとしている。彼はとても優しいが、こういう時は少し意地悪だ。そして姫之は彼のそんなところが、好ましいと感じている。

「挿れられるの、きもちよかった……から……っ」

興奮のあまり理性のネジが飛んでしまって、姫之は卑猥《ひわい》な言葉を垂れ流した。けれどそれは、慧斗のほうにも多大な興奮をもたらしたらしい。中に収まったものが大きく膨れる。

「ふう、ああ…っ、あ、おっき…い……っ」

「……君が大きくしたんだよ、姫ちゃん」

彼は低く囁《ささや》くと、腰を軽く揺らした。慧斗の切っ先が、姫之の弱い場所をぐりっ、と突く。

「あう、んんっ……！」

腹の中にじわじわと快感が広がった。慧斗の律動が次第に大きく、大胆なものになる。入り口近くから奥までを何度も擦り上げられて、姫之の感じる粘膜が快感を訴えた。

「ああ、あ…っ、ふあぁあ……っ」

快楽がうねるように中を犯し、姫之は彼にしがみつく。汗ばんだ熱い肌の感触を確かめて、彼も姫之の身体で快感を得てくれているのだと知った。それがとても嬉しい。

「……っ姫ちゃん、出すよ……っ」

「んっ、んんっ……」

姫之はこくこくと頷《うなず》く。この身体の中に、思い切りぶちまけて欲しかった。彼の抽送が激しくなり、ずうん、ずうん、と脳天まで突き上げられる。

「あっ…あっ……！　あ、あぁぁあ……っ！」

「くっ……！」

慧斗が低く呻《うめ》く声が耳元で聞こえたかと思うと、内奥に熱いものがぶちまけられた。彼の精に内壁を濡らされ、姫之は歓喜の啜《すす》り泣きを漏らす。

今夜の陵辱の記憶は上書きされた。けれど、次はいつまた夢に見るだろうか。そんなことをちらりと考えたが、姫之はそれを頭の中から追い出した。

「――ごめんね」

陽《ひ》も高く昇り、夜の気配などすっかり消えてしまった昼間の空気の中で、シャワーを浴び、きちんと衣服を身につけた姫之は慧斗に声をかける。彼は簡単な昼食にと、オープンサンドを作っていて、ちょうどできたところだった。

「何がだ？」

「また慧斗兄さんに迷惑かけた」

「何のことだかわからないな」

姫之は冷蔵庫を開け、野菜ジュースを取り出す。彼の部屋の冷蔵庫はいつもきちんと整理されていて、適度な食材が入っていた。姫之は週の半分は彼の部屋にいて、レポートも慧斗のパソコンを借りてやる。

慧斗と一緒にいられることは、幸せだと感じていた。けれど、そこに昔の黒い思い出が手を伸ばしてくる。まるで幽霊のように。

姫之が答えられずにいると、慧斗はサンドイッチの皿をテーブルに置いて笑った。

「いつも慧斗兄さんに助けてもらって」

「そんなこと何でもないって言ったろう」

彼はぱりっとしたレタスときゅうりとトマトのサラダを取り出す。その中心にポテトサラダが載っていた。昨夜姫之が手伝ったやつだ。彼はいつも手際よく料理を作る。だから、姫之の肉体を慰めることも、なんでもないことなのかもしれないけれど。

「姫ちゃんを抱くことは嬉しいから、君が気に病むことじゃない。それに」

彼は続けた。

「あれは俺のせいだから」

慧斗は自分の術が解けたせいだと思っている。姫之が記憶を取り戻したせいで、悪夢という後遺症に悩まされていると。

「違うよ。だって、慧斗兄さんは俺の母さんに頼まれて術をかけたんじゃないか」

だから彼には責任はない。そもそも、ずっと術をかけ続けていくことは不可能で、姫之の記憶はそろそろ戻る頃合いだったのだ。それをわかっていて、慧斗は東京《とうきょう》まで姫之を追いかけてきてくれた。そんな彼には、感謝してもしたりないくらいだ。

「俺には術者としての責任がある」

「ないって！」

話はいつもここで平行線になる。だが、姫之は姫之で、彼に悪夢の後始末をさせていることは、負担をかけていると思っていた。

（お互い様だって、思えたらいいのにな）

姫之にとって、慧斗に抱かれるということはとても特別な行為なのだ。彼に触れてもらうと、身体の底から悦びで震え出す。頭の中が飛んでしまいそうなくらいに気持ちよくて、多幸感に溢れていた。

（だから、あんな状態で抱かれたくない）

本当はそう思っているのに、いざその時になると欲望に負けてしまう。姫之はそんな自分が情けないと思っていた。

「姫ちゃん」

そんな姫之を見て、慧斗は宥《なだ》めるように言う。

「君は何も心配しなくていい。すべての責は俺が負うから」

「――――」

姫之の頭にカッと血が上った。

「そういう言い方は好きじゃない」

どうしてわかってくれないのだろう。彼は姫之を、自分の背の後ろに隠すようにして守ろうとする。姫之は、彼と手を繋《つな》いで進んでいきたいのに。

「慧斗兄さんは、傲慢だよ!」

だからついそんな言葉が漏れてしまった。言ってしまってから、姫之ははっとして、恐る恐る慧斗を見る。彼の顔には、何の表情も浮かんではいなかった。ただその後で慧斗は困ったような笑みを浮かべ、そうかもな、と一言だけ漏らす。姫之はいたたまれず、そんな慧斗から視線を逸《そ》らすしかなかった。

電車のドアが開くと、外に向かって人波がどっと押し出される。姫之はそれに流されるようにしてホームに降り立ち、やや重たい足取りで改札へと向かった。

「……はあ」

起きてから何度目かのため息をつく。

(あんなこと言うんじゃなかった)

あれからの気まずい空気に耐えきれず、姫之は早々に彼の部屋を辞してしまった。帰ってから謝ろうとしてしばらくスマホを見つめていたが、結局慧斗に電話はできなかったし、彼のほうからもなかった。SNSのメッセージひとつさえ。

(俺が悪いってわかっているけど……、いや、本当に俺だけが悪いのか?)

大学への道を歩いていきながら、姫之はつらつらとそんなふうに考える。

そもそも、原因は俺にあるのに、慧斗が勝手にすべて自分が悪いなどと考えているから問題なのだ。

(あんなこと、俺はもうなんとも思ってやしないのに)

それは嘘だった。慧斗が封じてくれていた陵辱の記憶は、甦《よみがえ》ってから姫之の意識の奥のほうに巣くって、時々きまぐれのように嬲《なぶ》ってくる。それと連動するように肉体までが引きずられているのは、正直つらい。けれどそれは、姫之が解決しなくてはならないことだ。決して慧斗のせいなどではない。姫之が彼に対し求めていることは、姫之がつらい時に側《そば》にいてくれることだった。それだけでいい。姫之に対し、謝ってなんかくれなくてもいいから。

「――姫之君、おはよう」

その時、ふいに後ろから声をかけられて、姫之はびくっとした。振り返ると、前島美佐《まえじまみさ》がいた。

グレーのワンピースを着ていて、ウェーブした亜麻色の髪が肩にかかっている。

彼女とは以前に少しだけつき合っていた。姫之が前島と真剣に向き合っていなかったせいで別れた後に悪い噂《うわさ》を流されてしまったが、今は和解している。彼女とは、友達としてのほうが良好な関係を築けそうだった。

「おはよう、前島さん」

「どうしたの？　何かあった？」

「え？」

前島は突然そんなことを聞いてくる。姫之はぎくりとしてしまった。

「……どうして？」

「なんか、暗そうにしてたから。私とつき合ってた時にもよくそういう顔してた」

ちょっとした皮肉を言われて、姫之は苦笑して肩を竦《すく》める。

「ごめん」

「いいわよ、もう――。それで？　本当に何かあったの？　ていうか、私に話す気、ある？」

「うん――」

姫之は慧斗のことを前島に話してみるべきかどうか考える。同性の恋人がいることを、学内のものに明かす気はなかった。興味本位で詮索されるのが嫌だからだ。前島のことを信用していないわけではないが、身から出た錆《さび》とは言え、噂を立てられた経験がある。彼女もそれをわかっていて、無理に聞いてくる様子はなかった。だが、少しだけならいいだろうか。

「ある人と考えが行き違っていて――――、その人は、自分が全部悪いって言っているんだけど、俺はそんなふうには思っていないんだ。でもその人はすべての責任は自分にあるみたいに言ってくるから、それでちょっと喧嘩《けんか》みたいになった」

「ふーん」

前島はつまらなそうに返事をした。

「その人って、今の彼女かなんか？」

「えっ……、いや、彼女じゃない」

「でも、大切な人には違いないのよね？　姫之君がそこまで気にしてるのって」

「そう……だね」

姫之は頷く。慧斗は姫之の大事な人だ。この世界の誰よりも。

「いいなあ、姫之君にそこまで想ってもらえるのって」

前島はぼやくように言った。

「いいんじゃない？　好きなだけ責任感じさせときなよ。だってそれって、その人が姫之君を大事にしたいからそう思うんでしょ」

「――――」

思いもよらなかったことを言われて、姫之はびっくりしたように前島を見た。

「でも、俺はそういうふうに思って欲しくない」

「なんで?」

「なんでって……」

「世の中、責任逃れする人のほうが多いよ。そんなふうに言ってくれる人、マジで貴重だからね。その人がそうしたいって言ってるんなら、してもらえばいいじゃない」

そういった考えは、姫之には思いつかなかった。

「……俺、その人に傲慢だって言ってしまった」

「ええ? やばいじゃない。すぐに謝りなよ」

「うん……」

姫之に傲慢だと言われた時の彼の顔を思い出す。あの時、彼は傷ついたはずだ。姫之は自分の感情しか考えていなかった。

「後で電話する」

「そうしなさい」

前島は突然年上の姉のような口調で姫之に言う。

「喧嘩したっていいじゃない。そうやってわかり合っていくものよ」

私とあなたの間ではできなかった。前島の言いたいことが伝わってきて、姫之はそっと彼女から視線を逸らした。


姫之は講義が始まる前に慧斗に電話してみたが、仕事中なのか繋がらなかった。

（昼になったらかけてみよう）

今日の講義は昼までだから、それから彼の家に行ってもいいかもしれない。慧斗が姫之に対してどんな反応をするのか不安だったが、勇気を出すことにした。自分と彼は、そうやって前に進んでいったような気がする。だからきっと今度もそうだ。

そわそわした気持ちを抑えきれないまま午前中の講義を受け、姫之は講義棟の外に出た。慧斗に電話をしようとしてスマホを取り出しながら人気《ひとけ》のない建物の陰のほうに歩いて行く。その時、通用口から誰かが出てくるのが見えた。男は壁に寄りかかり、煙草《タバコ》を取り出して一服しようと、ライターで火をつける。

歩きながら何気なくその男の姿を見た姫之だったが、次の瞬間、身体が反射的に竦んで、ぎくりと固まった。

「――――」

その、痩せていて艶気のない髪をしている男の姿には、見覚えがある。それは封印されていた記憶の中にあった顔と、一致していた。

——な……んで。

そんな言葉が、頭の中をぐるぐると回る。手にしたスマホが滑り落ち、地面で音を立てた。

（なんで、こんなところで）

その音に気づいたのか、男の顔がこちらを向く。凍りついた表情で呆然《ぼうぜん》としている姫之と目線が合った。

「っ」

姫之の体内に、その男にねじ込まれた感覚が甦る。今現在も夢で姫之を苛んでいるそれが。怪訝《けげん》そうにこちらを見た男の表情に、驚きの色が浮かぶ。姫之は少しの間動くことができず、男と目を合わせていた。逃げたいのに、身体が動かない。

「……君」

だが、男が姫之に声をかけようとして、その足を一歩踏み出したところで、急に呪縛が解けた。

姫之は足下のスマホを拾うと、踵《きびす》を返して脱兎《だっと》のごとくその場を走り去ろうとした。なのに、足が縺《もつ》れたようになって、走り出せない。

——なんで。なんで。なんで。

なんで、今になってここで会うんだ。

男の顔には確かに見覚えがあった。あの男は、以前故郷の町で、姫之を陵辱していた男達のうちの一人だ。間違いない。

だがここは東京で、しかも姫之の通う大学の中だ。まるで記憶が追いかけてきたような感覚に襲われる。

「……君、姫之だろう？　平《たいら》さんとこの」

「――――」

男が近づいてきた。どくん、どくん、と心臓が鳴る。うまく息を吸うことができない。

「久しぶりだなあ――――。俺のこと覚えてる？　もしかして、この大学の学生なのか？」

男は姫之の記憶よりもだいぶ老け込んでいるように見えた。今の年齢は四十代くらいに見える。姫之の思考は、昔のあの町へと飛んでいた。薄暗い部屋。姫之をのぞき込む男達の中に、この男はいた。確か名前は――――、そう、

「新田《にった》、さん……？」

「そうだよ。覚えていてくれたんだ。嬉しいな。端田《はなだ》の家に連れて行かれたって聞いたから、てっきり忘れられたかと思っていたからね」

この男は、姫之が慧斗に記憶を封じられたことを知っている。だが、犯人達は、全員逮捕されたはずだ。

「……捕まったはずじゃ？」

姫之がそう訊《たず》ねると、新田はちょっと驚いたような顔をした。

「凶悪犯でもあるまいし。いつまでも罪に問われていると思ったか？」

「――――っ」

姫之は殴られたような衝撃を味わった。姫之にとって、記憶を封じなければ耐えられなかったような出来事も、この男にとってはたいしたことではなかったのだ。おそらく、逮捕されたのは不運だったからなどと考えているのだろう。

「……」

姫之はぎゅっ、と拳を握りしめる。

大丈夫だ。もう大丈夫。俺はもう、過去に怯《おび》えたりしない。

姫之は必死で自分にそう言い聞かせた。それなのに、新田がこちらに足を一歩踏み出すと、姫之もまた一歩下がってしまう。

「嬉しいなあ。東京へ行ったと聞いていたけど、また会えるとは思っていなかった」

「……なんで、ここに？」

「助手として採用されたんだよ。ここの安藤《あんどう》先生の教室に」

新田はあの町にいた時、隣町の大学で助手を務めていたという。そして先月から、そこの教授の紹介でこの大学に来たと言った。

（最悪だ）

よりによって、姫之の通う大学に来るなんて。

「とにかく、また会えるなんて何かの縁だ。このあと、飲みにでも――」

「嫌だ‼」

姫之は叩《たた》きつけるように告げると、踵を返して今度こその場から駆け出した。脱兎のごとく走る姫之に、すれ違う学生が驚いたように視線を向けてくる。けれどそれを気にする余裕は今の姫之にはなかった。

走る姫之の頬に、ぽつり、と水滴が落ちてくる。雲が厚くなり、まるで灰色のコンクリートのような空が広がり始めていた。

大学から逃げるように帰ってきた姫之は、自宅に戻り、勢いよくドアを閉めた。そのままドアに寄りかかり、ずるずるとしゃがみ込んでいく。

（――せっかく、せっかく、前を向いていこうと思ったのに）

姫之がどんなに必死になっても、あの町の過去は追いかけてくる。淫夢を見るようになり、慧斗とは仲違《なかたが》いをし、今度は現実に姫之を犯した男が再び目の前に現れた。

まるで、姫之が幸せに生きていくことを許しはしないと言っているようだった。

――悔しい。

抱えた膝の上で、拳をぎゅう、と握りこむ。

どうして俺が幸せになるのを咎《とが》められなきゃならない。

姫之の中で、絶望が段々と怒りに変わってきた。どうしようもない理不尽に対する怒りだ。

悪くもないのに自分の責任だと言い張る慧斗も、性懲りもなく姫之に近づこうとする新田も。

その時、姫之のスマホが着信のメロディを奏でた。驚いて画面を見ると、慧斗の名前が表示されている。姫之はとっさに出ようとして、その指をはたと止めた。

今彼と話せば、またひどいことを言ってしまうかもしれない。

そうしたらまた溝が大きくなってしまう。

つい今し方慧斗に対しても憤っていたのに、いざそう感じてしまうと、姫之は途端に臆病になった。

「――――」

着信の鳴る電話を手にしていることに耐えられず、姫之はそれを床の上に放り出す。それから自室に駆け込むと、ベッドの上に身体を投げ出して枕を抱えた。

床の上のスマホはそれからしばらく鳴っていたが、やがてしん、と静かになった。

次の日、姫之は更に足取りを重くさせながら大学へ向かっていた。今日は前島は声をかけて来ない。正直助かったと思った。今の姫之は、昨日のように話しかけられても、きっと上の空で対応してしまうことだろう。できればせっかく和解した彼女をまた傷つけたくはない。今日大学を休まなかったのは、ほとんど意地だった。

いつものように講義を受けて、早々と帰ろうとする。新田と会った棟のあたりへは近づかないようにした。だが姫之は見てしまう。職員棟の入り口で、前島が誰かと話していた。前島の笑い声が聞こえる。そして目に入る相手の白衣。それは。

「……前島さん」

姫之は低く唸《うな》るように彼女の名を呼んだ。胸の奥に、冷えた塊のようなものが込み上げてくる。

「あ、姫之君」

どうして前島と新田が話しているのだろう。混乱の中で、姫之は呆然と立ち竦んだ。新田は姫之の姿を認めると、目を細めて口元に笑みを浮かべる。背中がぞっとする。それは純粋な嫌悪だった。

「やあ、姫之君」

「新田先生、姫之君のこと知ってるんですか？　あれ、ゼミ違いましたよね？」

「僕と彼は、故郷が一緒で、ちょっとした知り合いなんだよ。それで昨日偶然会って、びっくりしたんだ」

黙れ、と一喝したい気持ちを必死に堪《こら》える。そんなことをすれば、姫之と新田の関係を前島は不審に思うだろう。あんなことは、誰にも知られたくなかった。

「ええっ、そうだったんだ⁉」

前島は素直に驚く。姫之はそれには答えず、新田がそれ以上何を言うのか固唾《かたず》を飲んで見ていた。

「……姫之君、どうしたの？」

「いや」

どこか様子のおかしい姫之に気づいたのか、前島が声をかけてきたが、姫之はただ首を振るしかない。その時、何かの通知音がして、前島が自分のトートバッグに手を入れた。

「あ、やばっ、約束してたんだった！　じゃあ新田先生、失礼します！　姫之君も、またね！」

「ああ、気をつけて」

新田はにこやかに前島を見送る。彼女の姿が完全に見えなくなってから、姫之は新田を睨《にら》みつけた。

「どうしてあんたが前島さんと話してるんだ」

「怖い顔だなあ」

「答えろ」

「別に。彼女は安藤教授のゼミをとっていて、俺はそこの助手ってだけだよ」

ということは、この後も前島はこの男と顔を合わせる機会があるというわけだ。その事実に、姫之は息を呑む。

「それがどうかしたのか？　あの子とは仲がいいのかな。ああ、もしかして、彼女とか？」

「――――違う」

姫之の肩がぎくりと強《こわ》ばる。この男はどこまで知っているのだろう。

「じゃあ元カノかな？　姫之君もやるなあ。昔、俺たちの前で泣いていたとは思えないね」

「黙れ」

「心配しなくとも、言わないよ。俺だって知られたくはないからな。けど、あの子可愛いよね」

「……彼女に何かしたら許さない」

短い期間、しかも早々につき合いを解消してしまったとはいえ、今の前島は姫之と友人関係を築こうとしてくれている。そんな前島を、新田の毒牙にかけるわけにはいかなかった。

「まだ気があるのか？」

「そんなんじゃない。けど、前島さんは関係ない」

姫之には、前島に対し誠実に向き合わなかったという負い目がある。この上危険な目に遭わせたくはない。

だが新田はあの時の延長のように、そんな姫之の思いすら弄《もてあそ》ぼうとする。

「俺には関係ないよ。けど、あの子の代わりにまた姫之君と楽しいことできるってんなら、考えてもいいけど?」

「――――」

心臓が止まりそうになる。手足が冷たくなり、額に嫌な汗が浮かんだ。

あの時の光景が、脳裏にはっきりと思い出された。嫌なのに、嫌だったのに、無理矢理感じさせられ、追い上げられて。

「そんな死にそうな顔をすることないじゃないか」

新田は苦笑して、肩を竦めた。

「別に無理に事を荒立てようとは思ってない。ここはあの町とは違って、閉じられているわけじゃないからな――。まあ普通に、親睦を深めたいだけだよ」

新田は姫之の肩にぽん、と手を置く。その瞬間、ぞわりと全身に虫唾《むしず》が走った。

「またな」

新田はそう言い残して、どこかへ行ってしまった。二度と見たくない顔が消えたというのに、姫之の固くなった心はちっとも解《ほぐ》れやしなかった。

降り出した雨は夕方を過ぎてもその勢いを弱めることはなかった。

最近は雨が多い。ここのところの出来事も加えて、心身が重く湿って動きが鈍くなっていくようだった。

雨に濡れた身体が冷えていくのに任せたまま、姫之は慧斗の部屋の前で、壁に背中を預けて立ち竦んでいる。慧斗は留守のようだった。

合鍵をもらっていたので、部屋の中に入ることはできる。これまでも、彼がいない時には部屋に入って待っていた。だが、先日あんな別れ方をしてしまったので、なんとなく入ることがためらわれた。勝手に腹を立てていたくせに、いざ困ったらちゃっかり上がり込むなんて、虫がよすぎる。

だからこうして、ドアの前で彼の帰りを待つ。濡れた服が肌に張りついて不快だった。身体が冷えて、指先がかじかんでくる。はあ、と息をかけても、あまり温かくならない。

(寒いなあ)

慧斗はなかなか帰ってこなかった。まるで罰を受けているような気分になる。同じフロアの住人が現れないことが唯一の救いだった。こんなふうに雨に濡れた姫之がドアの前で待っていたら、何事かと思われてしまうかもしれない。廊下の手すりの向こう側は、今もざあざあと雨が降っていた。冷たい雨は容赦なく気温を下げ、姫之の吐息が白く霞《かす》む。

「――姫ちゃん⁉」

その時、ようやく待ち焦がれた声が聞こえて、姫之はその方向へと顔を上げた。そこには、スーツを着た慧斗が、驚いた顔で立っている。

「……慧斗兄さん」

「どうしたんだ、そんなに濡れて……！　ずっとここで待っていたのか⁉　どうして中に入らなかったんだ！」

慧斗に矢継ぎ早に質問されて、姫之は戸惑い、おずおずと彼を見つめた。すると彼ははっとして、姫之の肩を摑んでいた両手を離す。

「……ともかく、早く中に入れ」

目の前でドアが開かれた。何度も入った玄関から、リビングへと続く廊下が見える。けれどそれが今はまだ、姫之を拒んでいるように見えた。

「……いいの？」

「何を言ってるんだ。さあ」

ぐい、と腕を引かれて部屋の中へと足を踏み入れる。廊下が濡れるからと姫之が靴下を脱いでいる間に、慧斗はタオルを持ってきて頭の上にかけた。ごしごしと髪を拭かれる。

「風邪でも引いたらどうするんだ」

「ごめん」

「……それで、どうして濡れたまま外で待ってたんだ？」

「なんだか入りづらくて」

慧斗の手が一瞬止まった。

「この間のこと、気にしているのか」

「……うん」

「もういい。俺も頑固だった。姫ちゃんの気持ちも考えるべきだったよ」

「ううん。俺も自分のことしか考えてなかった」

そう言って顔を上げると、彼の表情は柔らかいものになっていて、思わず目が離せなくなる。

「それでいいんだ。姫ちゃんは自分のことだけ考えていていい。……あんなつらい目に遭ったんだ。おまけに、今もそのせいで苦しんでいる」

「そんなの」

なんでもない、と続けようとして、姫之の言葉が止まった。慧斗には、姫之自身の記憶が戻ってから、淫夢に苦しんでいる姿を見られてしまっている。姫之はそれは仕方のないことだと思っているが、慧斗に対してそんなふうに言うのは、また喧嘩の原因となったことを蒸し返すだけだ。そう思い、言えなかった。

唇を噛んで俯《うつむ》いてしまった姫之に対し、慧斗は言った。

「会いに来てくれてありがとう」

「……」

「本当は俺のほうから会いに行くべきだった。それができなかったのは、俺の弱さだよ。すまなかった」

「……慧斗兄さんは、俺と会いたかった？」

姫之は小さな声で訊ねる。彼は大きく頷いて答えた。

「会いたかったよ。ずっと姫ちゃんのことを考えていた」

「――慧斗兄さん」

姫之は慧斗に強く抱きしめられる。

「……濡れる、よ」

「構わない」

首筋から口づけられ、顎から耳元、そして唇へと移ってきた。慧斗の熱い唇が重なってくる。

「ん――」

彼とキスをするのは、すごく久しぶりのように感じる。舌が触れ合うと身体の奥からうねるような熱さが込み上げてきて、冷えていた肌がじんわりと温まるような気がした。胸が締めつけられる感覚がして、目尻に涙が浮かぶ。姫之が掠れた呻きを上げると、彼はそれがきっかけとなったみたいに、廊下の壁に姫之を押しつけてきた。

「ん、う」

唇が深く合わさる。舌根が痛むほどにきつく吸われると、ひくん、ひくん、と身体が震えた。どこか性急に求められて、姫之は嬉しくてならなかった。

「ん、ぁっ」

慧斗が腰を押しつけてくる。その中心は服の上からでもわかるほどに固く熱く隆起していた。だが、それは姫之も同じだった。彼に抱きしめられた瞬間から、姫之もまた慧斗を欲していた。彼に欲情していたのだ。

「姫ちゃん……、ごめん、姫ちゃん――」

「んっ、い、いい…よ、慧斗兄さん、俺も……」

自分も慧斗が欲しいのだと、姫之は息を乱して訴える。すると、ふいに身体が浮いたような感覚がした。慧斗に抱き上げられたのだ。慌てて彼の首に抱きつくと、慧斗が小さく笑ったような気配がした。

「落とさないよ」

「うん…」

頰を摺《す》り合わせると、彼の頰はひどく熱い。雨にさらされ、冷えた姫之にはとても心地よかった。

寝室に運ばれ、ベッドの上にそっと横たえられる。濡れた服を脱がせられると、素肌が外気に触れてぶるっ、と震えた。

「寒いか?」

「うん、でも、大丈夫だよ」

どうせ、すぐに熱くなる。それでも気遣ってくれるのが嬉しかった。

「……何かあったのか?」

「――――」

訊ねられて、脳裏にあの男の顔が浮かぶ。だが、今はその話をしたくなかった。慧斗の熱に溺れて、何もかもわからなくなってしまいたい。

だから姫之は慧斗に口づけた。それから彼の上着を脱がせ、ネクタイを解《ほど》いてしまう。そうすると、慧斗はいとも簡単に姫之を組み敷いてきた。

「――――悪い子だ、姫ちゃん……」

首筋を噛むように吸われて、姫之は小さく笑う。広い彼の背に両腕を回すと、息が止まりそうになるほどに抱き竦められた。

「……あ、あ、あ…っ」

胸の先が熱い。熱いだけじゃなくて、甘い痺れが支配して、そこから身体が熔けていきそうだった。慧斗の舌が胸の突起を嬲っている。優しく転がされたと思うと音を立てて吸われ、気持ちよくてたまらなくなる。そこはぷっくりと腫れて、乳暈ごといやらしく色づいていた。

「ああ……っ」

慧斗の舌先で乳首を捏《こ》ねられ、姫之は仰け反った。

「んあ、あっ、慧斗、にいさん、そ、そこ……っ」

乳首は姫之の肉体の中で特に敏感な場所のひとつで、ほんの少しの愛撫《あいぶ》にも耐えられない。それなのに慧斗がいつも執拗《しつよう》に可愛がるから、ここだけでイってしまえるようになってしまった。今も、もう達してしまいそうだった。股間のものは震えながら勃ち上がっていて、先端を愛液で濡らしている。

「姫ちゃん…、可愛いよ」

弄《いじ》られすぎた乳首はじくじくと疼いて、優しく舐められただけでも泣きそうになるほど感じてしまう。もう片方の乳首は、指の腹で柔らかく刺激されていた。

「あ、ああ、ねえ…っ、けいと、にいさん、もう、ああ、イくぅ……っ」

びくん、びくんと腰が跳ねている。乳首への刺激が、腰の奥に直結して響いていた。

（熱い）

冷え切っていた身体は、もうとっくに熱を上げて燃え立っている。全身がうっすらと汗ばんでいた。

「いいよ。イけるように、こっちも吸ってあげよう」

「んあっ、あっ！　だめぇぇ……っ、あっ！」

もう片方の乳首を口に含まれ、じゅうっと音を立てながら吸われる。腰の奥がきゅううっと収縮した。下腹がびくびくと波打って、もの凄《すご》い快楽が込み上げてくる。

「んんんっ、あ、あ――……っ」

変になる。変なイき方をして、姫之は思い切り背中を反らせた。股間の肉茎の先端から、白蜜がとろとろと溢《あふ》れる。

「ああ、あ……」

「乳首でイったんだね」

姫之は答えられずに腰を痙攣させていた。はやく、はやくちゃんとイかせて欲しい。身体が爆発しそうだった。

「もう、すっかり熱くなってる」

「んあっ、あぁんんっ！」

ぎゅう、と抱きしめられ、頭を撫でられて、姫之はもどかしさに喘ぐ。

「も……っ、どうにか、して……っ」

「俺を欲しがる君は、本当に可愛いな」

顔にいくつものキスの雨を降らされた。姫之は恍惚《こうこつ》として、それでも満たされない甘い苦悶《くもん》に喘ぐ。姫之を追い詰めるのも、助けてくれるのも、いつも慧斗だけだ。

「おいで」

上半身を抱き上げられて、姫之は力の入らない腕で必死に慧斗に縋《すが》りつく。太腿《ふともも》の内側に、彼の熱い凶器が当たった。慧斗の胴を跨《また》ぎ、腰を誘導される。

「自分で挿れてごらん」

「ん……んっ」

ひくひくと蠢く後孔に、これが欲しい。姫之は震える手で慧斗の男根を導くと、怒張の先端を肉環の入り口に当てた。思い切って腰を落とすと、ぐぷ、と音を立てながら肉環がこじ開けられる。

「う、あ……あぁぁ……っ」

じいん、とした刺激が生まれ、凄《すさ》まじい勢いで広がっていった。

「あっ、あっ！　すご……い、ぃ……っ」

「……っ」

姫之の内壁が慧斗を呑み込んでいく。感じる粘膜を男根で擦られ、強烈な快感が身体の芯を貫いていった。そんな感覚に姫之が耐えられるはずもなく、彼のものを根元まで咥《くわ》え込んだ時点で達してしまった。

「あっイくっ……！　く、あ、ア、あぁぁぁあ……っ！」

慧斗の上で、倒れるのではないかと思うほどに上体を反らせ、挿入の刺激だけで極めてしまう。股間のものから白蜜が勢いよく弾けて互いの下腹を濡らした。

「……っ、すごいよ、姫ちゃん、絞め殺されそうだ」

「――っ、んん、んうう――――……っ！」

慧斗の手で乱暴に腰骨を摑まれ、下から強く突き上げられる。イったばかりの肉洞にそんなことをされて、姫之は悲鳴じみた声を上げた。

「あっ、ひぁっ、ああっ！」

一突き毎に身体の中を快楽の塊が突き抜けていく。その度にイっているような感覚に、姫之は我を忘れた。慧斗の上で髪を振り乱し、腰を揺らして、恍惚として乱れる。肉洞いっぱいに彼を頬張り、嬉しそうに奥へ奥へと咥えていった。

「……食らい尽くす気か？」

「あっ、んっ、んっ！」

ずちゅずちゅと中を擦られる刺激がたまらず、腰を上下するのを止《や》められない。だが感じすぎてしまうと、逆に動きが鈍くなる。漏れる喘ぎを震わせながら、姫之は両手を慧斗の肩の脇のシーツに突く。力が抜けてしまって、自分の身体を支えるのが難しくなってきた。

「は……っ、はあっ、ああっ」

けれど、もっと慧斗が欲しい。それなのに満足に動けなくなって、姫之はもどかしげに腰をくねらせた。

「姫ちゃん……、もう動けなくなった?」

「あ、はっ」

慧斗の指が姫之の背中をつつうっと撫で上げる。もう全身が感じやすくなっていて、たったそれだけでも耐えられなかった。体内の慧斗をきゅううっと締めつける。

「あっ、な、なか…、あっ」

「君はすぐに感じすぎてしまって、駄目になってしまうね……。とっても可愛いよ」

「んんあっ、あああぁあっ」

下から小刻みに突き上げられて、姫之は啼泣《ていきゅう》した。奥のほうをぐりぐりとかき回されてしまうと、頭の中が白く濁る。

「く、あ、あひぃ…いっ、けいと、にいさ…ん、き、きもち、いい…よっ」

「俺も気持ちいいよ……、姫ちゃんの中は、すごく熱くて、とろとろだ」

「や、い、言わない…で、ああっ」

慧斗の手が身体中を這う。貫かれたまま、また乳首を親指の腹で虐められて、姫之は喉を反らして喘いだ。

「ここ、好きだろう？」

「や、だ、そこ、だめ……になるからぁ…っ、またイく、あっ、あっ、〜〜〜っ！」

乳首を摘まれ、指先で何度も弾かれて、姫之はまた達してしまった。慧斗の上でびくびくと身体を震わせて、声にならない声を上げる。

「あう…っ、あううぅ……っ」

背中を汗が伝う。頭の中が沸騰して、もう何も考えられなかった。絶頂の余韻に痙攣する腰を慧斗の両手が優しく撫で上げ、それがするりと前に回る。

「あ…っ、あぁぁんんっ、だ、だめ、それ、触った…らっ！」

脚の間で濡れながらそそり勃つものを握られ、擦られて、姫之は切羽詰まった声を上げた。腰から下がまるで自分のものじゃないみたいだった。なのに感覚だけは鋭くて、我慢できない快感を伝えてくる。

「つらくないよう、そっと触ってあげるよ」

慧斗が言うように、彼は強く扱いたりはしてこなかった。けれどイくかイかないかくらいの優しさで触れられ、よけいにおかしくなりそうだ。先端からとろとろと溢れる愛液を指の腹で塗り広げられるようにされて、腰が痺れてくる。裏筋をくすぐられて、姫之は嗚咽《おえつ》を漏らした。

「あぁぁ…んんっ、あぁっ、へんに、なる……っ、そこ、熔ける……っ」

後ろもずっと突かれ続けて、身体が浮き上がるような感覚に襲われる。気持ちのいいところを愛撫されながら時折ずうん、と深く突き上げられて死にそうになった。

「あ、ア、――――〜〜〜っ」

口の端から唾液が零《こぼ》れているのにも気がつかなかった。ぐい、と首を引き寄せられて、慧斗の舌先でそれをすくい取られる。そのまま口を塞がれて、敏感な口腔《こうこう》も彼の舌で犯された。

「んう、うっ」

「……そろそろ俺もイっていいかな。姫ちゃんがあんまりすごいから、俺ももう限界だ」

慧斗のものが、姫之の中で大きく脈打っている。

「ん、ん……、いい、よ、俺の中に、いっぱい出して……」

彼の熱いもので腹の中を満たしたい。そんな欲求が媚肉《びにく》を収縮させ、慧斗をまた締めつけた。

「あまり、煽《あお》らないでくれ」

「ふ、あ、あああっ！」

じゅぷじゅぷと速い律動が姫之を襲う。身体が燃え上がるような感覚に包まれ、姫之は快楽の嬌声を上げた。慧斗は今度こそ手加減することなく、わななく肉洞の中を突き上げ、弱い場所にぶち当ててくる。

「姫、ちゃん……！　いくぞ…っ！」

「あ、あ！　んんあぁぁあっ、――――…っ！」

腹の奥に、熱い飛沫《しぶき》が叩きつけられた。どくどくと注がれるそれは姫之の肉洞を濡らし、媚肉をじくじくと痺れさせる。その感覚にもまたイってしまって、小刻みに腰を震わせる。続けざまの極みに息もできず、ようやくその波が退いた時には、姫之はぐったりと慧斗の上に倒れ込んでしまった。ずるり、と彼のものが後ろから抜け落ち、ごぽり、と音を立てて白濁が溢れてくる。

「あ、あ……」

動けない姫之の頭を撫でて、慧斗が頬やこめかみに口づけてきた。激しい快楽に晒された身体を宥めるように背中や腰を撫でられて、すべてを預けてしまいたくなる。

「素晴らしかった。可愛かったよ」

「……っ、そういうこと言うの、恥ずかしいから……」

途端に戻ってくる羞恥に顔を染めながら、姫之は身体を起こそうとする。だが、まだ腕に力が入らない。するとくるりと体勢を入れ替えられ、姫之はシーツの中に沈められた。

「どうして。よくなかったか？」

「……よかった」

知っているくせに、そんなこと聞かないで欲しい。けれど、包まれる肌のぬくもりはもう手放せないものだった。離れたくない。たとえどんなことがあっても。そう思った時、また頭に大学で会った男の顔が浮かんだ。すると慧斗がそれに気づいたように、姫之の脇腹をするりと撫で上げる。指先が乳首を掠めていった。

「んあっ」

「もう一度だよ、姫ちゃん」

また身体をまさぐられて、姫之は唇を震わせる。何度も絶頂に達した身体は、ほんの少し触れられただけでもヒクヒクとわななないた。

「こんなに敏感になって……、泣くまで虐めたくなるな」

「う、そ、俺が泣いても……、絶対にやめないくせ、に……、あ、ん…っ」

肉茎を握られ、卑猥な手つきで愛撫されて、姫之は喘ぎながら抗議した。慧斗はいつもとても優しいが、セックスの時は少し意地悪だ。痛いことは決してしないが、姫之が快楽に耐えかねて泣き出しても絶対に許してはくれない。だから姫之はいつも、彼の気の済むまでねっとりと可愛がられるのだ。

「俺も寂しかったんだ。もう少しつき合ってくれ」

「ん、んんっ、ああんんっ！」

両脚を押し開かれ、再び慧斗のものが入ってくる。体内に残った彼の精がぬめり、じゅぷぷ…、と卑猥な音が響いた。すぐに動き出した慧斗に縋りつき、姫之は切れ切れの声をあげてよがる。

「うあ、あ、あっ！」

本当は姫之も、もっと慧斗を味わいたかった。外は雨の降る暗い部屋で、慧斗と姫之は互いに満足するまで貪りあい、与え合った。


「今日さ」

「うん？」

やっと身体《からだ》を離した時には、もう夜もどっぷりと暮れていた。それからようやく風呂を沸かして、やや狭苦しい思いをしながら二人でバスタブに浸《つ》かっていた。けれど、ぴったりと密着できるから、姫之《ひめゆき》はこの狭さが嫌いではない。何度も交わって彼のものを注がれ、互いの境界線もわからなくなるくらいに貪りあって、姫之はやっと昼間のことを話す気になった。

「大学で会ったんだ。あの事件の時、あの場所にいた男の一人が」

自分を犯した男の一人、とは、姫之は言えなかった。けれど慧斗《けいと》はそれでわかってくれたようだった。後ろから姫之を抱きしめるようにしていた彼が、ざばっ、と湯の音を立てて身じろぐ。

「――――なんだって⁉」

「向こうも、俺に気づいたみたいだった」

「何かされたのか」

「ううん」

姫之は首を振る。

「声をかけられたけど、逃げてきて、その足でここに来た」

「なにを言われた」

「たいしたことない。久しぶりとか、俺のこと覚えてるかとか、それだけ」

慧斗には、最初の日の出来事しか言わなかった。彼によけいな心配はさせたくはない。

「……そうか」

慧斗は自分の感情をぐっと抑えているようにも感じた。

「ごめんな。遅くなってしまって」

「仕事だったんでしょ。いいよ」

姫之は努めて明るい声を出したが、実際、気持ちはだいぶ落ち着いていた。彼にたくさん抱いてもらったからかもしれない。我ながら現金なものだと思った。

「本当に、何もされてないんだな？」

「されてない。大丈夫だよ」

「だがそいつはどうしてそこにいたんだ？」

「助手で働いているって言ってた」

だとしたら、少し厄介だと思った。同じ学内にいれば、またいつ顔を合わせるやもしれない。今日のように。

「大学に行かない、というわけには……いかないだろうな」

「そんなわけにいかないよ」

姫之はおかしくなって少し笑った。

「入るのに、けっこう勉強したんだから」

「そうだよな」

慧斗の困ったような声。けれどその中に真剣な響きを感じ取って、心配してくれているのだとわかった。それだけでひどく心強く感じる。こうして彼が側《そば》にいてくれるのなら、過去が何をしてきたって平気だと思った。

「心配ないよ。何かしようったって、学内じゃたいしたことできない。俺もなるべく人のいない場所で一人にならないように気をつけるから」

姫之は慧斗に振り返ってそう告げる。もうあの時とは違うのだ。新田《にった》も言っていた通り、ここは、あの閉鎖的な町ではない。

前島《まえじま》には気をつけろと言うしかないだろう。いざとなったら、過去のことを打ち明けるしかないかもしれない。それによって何が起こるのか、まだ姫之は考えたくはなかった。

「……」

　慧斗はしばらく黙って姫之を見つめていたが、やがて息をつくと、こつんと額を合わせてきた。

「俺は心配することしかできないのがもどかしいよ。姫ちゃんをここに閉じ込めておきたいけど、それもできない」

「……うん」

「笑いごとじゃない」

「ごめん。だって」

　慧斗が物騒なことを真剣な口調で言っても、姫之は少しも怖いとは思わない。それどころか、慧斗にならそうされてもいいと思った。せっかく入った大学に行けなくなるので、矛盾した感情であると思うが。

「姫ちゃんを離したくない」

　慧斗の腕が姫之を抱きしめる。その力にどこか切実さを感じて、ふとした違和感を得る。

「……慧斗兄さん?」

　名前を呼ぶと、顎を摑《つか》まれて口づけられた。

「……どうか、したの?」

　窺《うかが》うように彼を見ると、慧斗はじっと見つめ返してきた。その物言いたげな視線にどきりとする。

「――町のほうから、帰って来いと言われた」

「え？」

姫之は彼が自分の力を嫌っていることを知っている。自分もそうだが、彼もまたあの町には思うところがあるはずだ。人の記憶を操る力。彼にとっては、望んで手に入れた力ではない。姫之がその力に救われたのは事実だが、彼は姫之にたいして責任を感じている。慧斗が悪いわけではないのに。

「代々続く催眠の力を途切れさせたくないらしい。帰って結婚し、子供を作れと言われた」

「――」

それは姫之にとって衝撃的な言葉だった。慧斗が町に帰って結婚する。そうなれば当然、もう姫之の側にはいてくれないだろう。彼が、他の人のものになるのだから。

「なんて顔してるんだ。俺にはそんな気はさらさらない。俺には姫ちゃん以外考えられないからな」

「……う、ん」

もしかしたら泣きそうな顔をしていたのかもしれない。慧斗がぎゅっ、と強く抱きしめてきた。

「好きだよ」

「俺も……っ、好き」

慧斗は安心させようとしたのか、また唇を啄《ついば》んでくる。彼は姫之の目尻やこめかみにキスした後、真顔に戻って言った。

「だが、いずれはけじめをつけないといけないだろう。あの町は昔のまま時が止まっている。今の時代にもうこんな力はいらないんだ。俺はあの町から完全に手を引く。残していたあの屋敷も処分するよ」

「じゃあ、またあの町に行くってこと?」

「そうなるな」

「なら、俺も行く」

すかさず言った姫之に、慧斗はぎょっとしたような顔をする。

「君はもう、あの町に行っては」

「慧斗兄さんだって、俺のためにあの町に来てくれたじゃないか」

姫之が葬儀のためにあの町に戻り、そこで記憶を取り戻した時、慧斗が来てくれた。あの時、姫之はどんなに助けられたか。だが、彼はもうあの町に帰りたくなかったに違いないのだ。

「俺が行っても、役には立たないかもしれないけど――」

だが、次は自分の番だと思う。彼があの町と手を切ることができるのなら、どんなことでもする。

「それに、俺にだって必要だと思うんだ。多分まだ、終わってない」

あの事件を終わらせるには、姫之もまた、もう一度あの町に行く必要があると思った。

「一緒に行こうよ」

「姫ちゃん」

「来るなって言っても勝手に行くからな」

慧斗は困ったように姫之を見つめる。だが、ふっと笑いを漏らすと、姫之の濡《ぬ》れた髪をかき上げた。

「そうだな。――離れないって、言ったもんな」

「ん――」

向き合って抱き返すと、泣きたくなるような思いが込み上げてくる。

「大丈夫だよ、絶対」

大丈夫と、姫之は自分に言い聞かせる。いい加減のぼせてしまいそうになるまで、二人はそのままじっとしていた。


大学の学食で昼食をとっていると、向かい側にカタン、とトレイが置かれた。何気なく顔を上げた姫之は、ぎょっとして肩を強《こわ》ばらせる。

新田が目の前に座り、平然と食事を始めようとしているところだった。

「ここの学食はまああだな。もう少し味付けが濃ければいいんだが」

姫之は無言でトレイを摑み、席を立とうとした。

「待ちなよ。ちょっと話を聞いてくれ」

少し大きな声だったので、近くの女子がちらりとこちらを見る。姫之は自分と新田が知り合いだということをあまり人には知られたくなかった。騒ぎにしたくなくて、仕方なく椅子に座り直す。それを見て新田がにやりと笑った。

「何ですか」

「俺も今は東京《とうきょう》に住んではいるけど、やっぱり休みの時とかは帰ってこいってうるさく言われるんだ。わかるだろ」

「わかりません」

「ああそうか。お前んとこはいいよな。完全に町から出ていったもんな――――。あの、端田《はなだ》の家の慧斗もか」

いきなり慧斗の名を出されて、姫之はぎくりとした。

「あそこも無責任だよな。自分が町でどんな役割を果たしているのか考えもしないで、役目をほっぽり出して出ていって。おかげで迷惑しているんだ」

姫之は知らなかったが、新田の実家は、町の外からの催眠の依頼があった時に窓口としての役割を果たしているらしい。慧斗が町から出ていった後、外からの依頼の声に対応できず、責められることもあったそうだ。

「おまけに今度はあの屋敷まで処分するときた。そんなことは許されるわけがない。勝手をするのもたいがいにしろと町長も怒っていた」

「慧斗兄さんには、慧斗兄さんの人生がある。どこで生きたって自由だ」

「お前も端田の力を借りたくせに、ずいぶん都合のいいことを言うんだな」

「っ」

「そう言えば、お前は慧斗と仲がよかったな。あの後、慰めてもらったりもしたのか？」

その時姫之は、自分が新田に対し殴りかからなかったことを褒めてもらいたいと思った。

「……そんな怖い顔をするなよ」

男はにやにやと笑う。

「なあ。昔のよしみで、俺ともう一度仲良くしないか」

「ふざけるな」

腹の底から冷え冷えとした声が姫之の口から投げつけられる。

「死んでもごめんだ」

「……ふうん。嫌われたもんだな」

「好かれているとでも思ったのか？」

「そこまでおめでたくはないが、あまりわがままを言っていると、お前も慧斗も悪い立場に立たせられるぞ」

そら来た、と思った。

こいつはきっとこうやって、卑怯《ひきょう》な真似《まね》をしてくると思っていた。

「変な噂《うわさ》でも流そうっていうのか？　別に構わないよ」

前島とこじれた時にも、女子の間ではずいぶん悪く言われたものだ。今は彼女もフォローしてくれてはいるが、当時はかなりの針のむしろだった。今さら新たな噂が流れたって、そしてそれで奇異の目で見られたとしても、姫之は平気だと思った。

「催眠の力を借りなければならなかったほどのお前が、セカンドレイプに耐えられるとは思わないけどなあ」

「……」

新田の軽口に、姫之はきつい視線を返すしかない。

ある意味、新田の言うとおりだった。

記憶が戻ってから繰り返される悪夢。それに引きずられる身体。どう見ても、その記憶は姫之に負の影響を与えている。この上学内にそれが知られてしまったら、確実に新たなダメージがくるだろう。それでもいいと姫之は思っているが、また慧斗に心配をかけてしまう。それだけは嫌だった。

「だがまあ、慧斗も近々町に連れ戻されるらしいからな。お前も一緒に戻ってきたっていいんだぞ?」

誰が、と言い返しそうになったが、口を噤《つぐ》んだ。今は余計なことは言わないほうがいい。慧斗は戻らないと言ってくれたのだ。

新田は、姫之が貝のように口を閉ざしてしまうと、つまらなそうな顔をして食事を終え、姫之の前から去る。新田がいなくなった時、はあ、と重いため息が漏れた。

「本当についてくる気か」

「もちろん」

姫之はさっさと慧斗の車に乗り込み、ドアを閉めた。シートベルトをしていると、彼がやれやれと言いたげに乗り込んでくる。

ある連休の初日、慧斗は生まれ育ったあの町に行くことになった。町の有力者と話をつけるためだ。

「楽しいことにはならないと思うぞ」

「わかってるよ、そんなこと。でも、ここで待ってたってもっと楽しくないから」

エンジンがかけられる。計器にいっせいにランプが点《とも》った。

「心配しすぎなんだよ、慧斗兄さんは」

「自覚はあるがな」

慧斗は苦笑すると、運転席から姫之の唇を盗むように口づけてくる。

「覚悟決めるか」

びっくりして固まった姫之が慧斗を見つめ返すと、彼は悪戯《いたずら》っぽく笑っていた。

「俺もいつまでも格好悪いところ見せていられないし」

「……慧斗兄さんは、いつもかっこいいよ」

彼は姫之のことをいつも考えてくれて、守ろうとしてくれている。姫之にそれがわからないわけがない。大事にされて幸せだから、自分もまた慧斗を助けたいと思うだけだ。それができるかどうかは、自信がないけれど。

「ありがとう」

車が静かに発車する。

「せめて着くまでは、ドライブを楽しもうか。初めてデートした時みたいに」

「――うん」

数時間もの道行きの間、深刻な顔をしていたってつまらない。姫之は嬉《うれ》しそうに、彼に頷《うなず》いた。

早朝から車を走らせて、着いたのは昼過ぎだった。多少は様変わりしたとはいえ、見覚えのある風景が目に入ってくると、さすがに緊張を思い出す。それは慧斗も同じらしかった。硬い表情を浮かべる横顔を見て、姫之は膝の上でぎゅっと拳を握る。

「どこに向かうの」

「新田家だ。あそこは昔から外との窓口を担っていた。ここ以外から依頼が来る時は、たいていあの家を通してだったよ」

「――――」

姫之はゆっくりと息を呑《の》んだ。大学で会ったあの男。よりによって、あの家に。

――しっかりしろ。

慧斗に気づかれないように平気な顔をして、姫之は自分を叱咤《しった》する。こんなことで動揺してどうする。慧斗兄さんの助けになるって、決めたんだろ。

だが、自分に何ができるのか、姫之にはわからなかった。もしかしたら自分はただ、慧斗の側を離れたくないだけなのかもしれない。

「姫ちゃん」

その時慧斗が、姫之を呼んだ。

「君がいてくれて、俺も心強く思うよ。来てくれて嬉しい」

「――――慧斗兄さん」

「君の強さには感服する」

そんなことを言われるとは思ってもみなくて、姫之は言葉を失う。そして、その瞬間に心が決まった。

慧斗兄さんと一緒に、この町から今度こそ解放されるんだ。

そのためにはどんなことでもすると、姫之は固く誓った。


新田家は、その町の中でも指折りの大きな邸宅だった。古い佇《たたず》まいを守る端田の屋敷と違って、ところどころ改装して新しさの目立つ部分が見える。けれど姫之にはそれが、古さと新しさがちぐはぐになって、調和がとれていないように感じた。

「――――やあ、慧斗君、しばらくぶりだね」

「ご無沙汰しています」

通された居間には町長と新田家の男達、その中には、姫之が大学で出会った新田――保《やす》彦《ひこ》という名前らしい――もいた。保彦は姫之を見ると、意味ありげな笑みを浮かべてこちらを見る。姫之は負けまいとして睨《にら》みつけた。

町長が、姫之の姿を見て慧斗に訊《たず》ねる。

「慧斗君、その子は――」

「平《たいら》さんの息子さんですよ。中学あたりまでここに住んでいたでしょう?」

慧斗がそう言うと、町長はきまりの悪そうな顔をした。あの事件は、やはりこの町にとってもなかったことにしたいことらしい。町長は保彦のほうを見ていった。

「……保彦、お前、席を外していろ」

「構いませんよ」

それを見て姫之はすかさず言う。

「俺はもう、記憶を取り戻しています」

姫之が告げると、その場にあきらかに動揺が走った。新田家の、保彦の父が慧斗に食ってかかるように噛《か》みつく。

「慧斗、まさかお前が、姫之の記憶を呼び戻したんじゃないだろうな」

新田の家長は、息子が卑劣な罪を犯したことよりも、体面を守るほうが重要らしかった。

「結論から言えば、イエスです」

「――なんてことをしてくれたんだ！」

新田の家長が怒鳴った。だが、慧斗は少しも狼狽《うろた》えたりはしない。

「姫之君の暗示は、永久に続くものではありません。いずれは思い出してしまうものです。俺の役目は、その時の精神的な衝撃を少しでも和らげてやることです」

「――ふん、どうだか。お前の腕が悪いからじゃないのか」

姫之はその言葉に反論しようとした。だがその時、慧斗が小さく手で制する。

「そうかもしれません。ですので、今日はこの町での術師としての仕事から、完全に手を引くことをお知らせにきました」

「……何？」

「何を言うんだ慧斗君。君の力は、この町にはなくてはならないものだ。ぜひここに帰ってきてもらいたいんだよ。町としても、これまで以上の、あらゆる優遇措置を考えている」

新田の家長が訝《いぶか》しみ、町長がおべっかを使うように言った。

「そうしてまた、俺の家を腫れ物のように扱うわけですか」

慧斗の家はこの町の中で敬われ、そして畏れられてもいた。そのせいで彼は孤独な少年時代を送らなくてはならなかったはずだ。

「俺の力は、この時代となればもう必要のないものでしょう。現に、俺がいなくともこの町はちゃんと存続している。外からの依頼なんて、あなた方のいい小遣いになるだけで、別にこの町の役に立つわけじゃない」

町長と新田家は、外部からの依頼に高額な代金を取り、それで私腹をこやしていた。時に政治家や富裕層からの依頼を受け、一時はずいぶんと左団扇《うちわ》だったらしい。だが、それも慧斗が町を出て行ったことによって断たれてしまった。

姫之は新田家の玄関から応接間に入るまで、ある違和感を持っていた。豪華な調度品を揃《そろ》えているのに、手入れがなされていない。家の所々に綻びが見えた。おそらく、維持できていないのだ。

「それでも、人を助けるためならまだいい。けれどこの力を犯罪の隠蔽として使われるのは、我慢できない」

姫之の事件のことを言っている、と思った。慧斗に記憶を封じられ、確かに当時の姫之の心を守ることはできただろう。だがそれは同時に、事件を明るみに出さないということに手を貸したことになる。

「俺はそれがずっと嫌でした。だから町を出た」

「か、勝手なことを言うな。お前の家はずっと、その力でこの町に貢献してきたんだぞ。今さらそれを途絶えさせる気か」

「新田さん」

気色ばむ新田の家長の声に対し、慧斗はずっと冷静だった。

「俺はもう、あなた方の利権のために働く気はないんです」

きっぱりとした響きは、もう二度とこの町には関わらないという意志を感じさせる。

「あの家も近々処分するつもりです。もう二度とこの町には戻りません」

「そ、そんなことを言わずに。よく気のつく、美人な嫁さんを探してやるから」

町長がそう言うと、慧斗はあからさまな侮蔑の視線を投げた。

「――――何を言っているんです？　いつの時代の話ですか。今時俺が、そんな話で揺れるとでも思っているんですか」

そんなことは、少し考えればわかりそうなものだった。

この町は、時の流れに取り残されている。端田家という異能の家に依存してしまったために、現代を生きることができなくなっている。そしてそれは、町の中心にいる人間ほど顕著なのだと思った。

「そんなんで慧斗が言うこと聞くわけないよ、親父《おやじ》」

だが、そこで新田保彦が口を挟む。彼は薄ら笑いを浮かべ、慧斗と姫之を見ていた。その表情には、どうにかしてこちらを傷つけようという色が見てとれる。

「美人の嫁なんかで釣れるわけがない。だってこいつは、この姫之とそういう仲なんだから」

姫之は息を呑む。慧斗の手がびくりと動いた。

「えらそうなことを言っておいて、こいつは依頼者に手を出した。それなのに町の仕事から手を引くなんて、そんなことが許されるのかね？」

姫之は、この場はでしゃばらないように、と控えてきたつもりだった。だが、もう我慢ができない。姫之はきっ、と顔を上げ、保彦を真《ま》っ直《す》ぐ見据えてから告げた。

「昔、俺が何をされたか、知っている人はこの町でどれだけいるんですか」

保彦を除く男達はぎくりとした顔をした。慧斗もだ。彼は姫之の突然の行動に、驚いた顔をして見やっている。

「慧斗兄さんは、あの時の俺の心を守ってくれた。彼の力は、人を助けることだけに使われるべきなんだ。人を操るためのものじゃない。もし、どうしても慧斗兄さんをこの町に連れ戻すって言うのなら」

姫之はそこで言葉を切り、息継ぎをした。

「――――そしたら、俺はこのことを告発する。昔、この町でひどいことをされたって。誰にやられたのかも」

町にこのことが知れ渡れば、新田家は今の立場を失うだろう。知っていて隠蔽していた町長もだ。これは姫之の捨て身の訴えだった。

だがその時、保彦が姫之に告げる。

「やってみろ。そんなことをしたら、こっちも言ってやる。あの時、お前だって悦《よろこ》んでいたじゃないか」

姫之の顔がすうっと白くなった。あの時の記憶が甦《よみがえ》る。薄暗い部屋に響いていたのは、男達の荒い息づかいと、自分の喘《あえ》ぐ声。

「あんな初《うぶ》な顔をしておいて、俺たち全員を咥《くわ》え込んでひいひい言って――」

保彦はその言葉を最後まで言うことができなかった。

居間の中に、派手な物音が響く。壁に人がぶつかる音と、うめき声。いったい何が起こったのかと、その場にいる者は凍りついたように動けなかった。

保彦は椅子ごとひっくり返り、更に飛んで、柱にしたたかに背中をぶつけて呻《うめ》いていた。姫之の隣で、慧斗が立ち上がっている。その姿をゆっくりと見上げると、彼は拳を握りしめていた。微《かす》かに震えているそれは、彼の血か、それとも保彦の血かで、赤く染まっていた。

「ひ……っ」

「け、慧斗君！」

突然の慧斗の暴力に、新田の家長と町長は浮き足だって腰を浮かす。保彦が、やっとというように身体を起こした。口元と鼻のあたりがどす黒く濡れている。鼻が妙な具合に曲がっていた。

「――それ以上、彼を貶《おとし》めてみろ」

慧斗の口から、それまで聞いたこともないような、凶暴な響きが漏れた。

「今度は殺す」

彼は本物の殺意を纏《まと》っていた。姫之でさえ、思わずひやりとするほどに。

保彦は鼻血を垂らしながら何度も小刻みに頷き、新田の家長と町長も固まったまま、何も言えずにいた。まるで、少しでも動いたら殺されると思っているようだった。

「今度接触してきたらただじゃおかない。覚えておけ。俺だけじゃなくて、彼にもだ」

慧斗の怒気は凄《すさ》まじく、新田家の者と町長は言葉がなかった。

「行こう」

腕を掴まれ、姫之は慧斗に連れられて新田家の応接間を出る。玄関を出て車に乗り込み、彼は黙ってエンジンをかけた。

慧斗の運転する車は法定速度ぎりぎりで町を抜け、国道をひた走る。そんな彼を、姫之もまた黙って見つめていた。声をかけていいものかどうかわからない。やがて道の端に設けられた見晴台のような場所に車が滑り込んで、停止する。

「……慧斗兄さん？」

姫之はおずおずと声をかけた。すると慧斗は、どさりとシートに背を預け、上を向いて言った。

「――――暴力で解決してしまった……」

その言い方がなんだかおかしくて、姫之は思わず笑いを漏らす。

「笑い事じゃない。……いや、笑い事でいいよ。まったく、話し合いに行ったってのにな」

自分に呆《あき》れているのか、慧斗は顔を顰《しか》めてぼやいた。ハンドルにかかった彼の手に、まだ血がついている。姫之はハンカチを取り出すと、それで彼の手をそっとぬぐった。小さな傷がついていている。殴った時にできた傷だろう。姫之はその手を包み込むと、そっと口づけた。

「汚いよ」

「汚くない」

ごめんね、と姫之は謝った。

「俺のせいで、あんなことさせて」

慧斗は首を振る。

「あれが俺の本性なんだよ。凶暴で、獣のようで、いざとなったら抑えがきかない」

「ううん。それは違う」

姫之もまた、彼の前で首を振った。

「慧斗兄さんは優しいよ。すごく優しい」

姫之は繰り返す。慧斗はそんな姫之を眩《まぶ》しそうに見つめた。

「姫ちゃん」

彼の腕に抱きしめられる。それは温かくて、優しくて、とても居心地がよかった。

そのまま抱き合っていると、フロントガラスに水滴が落ちてくる。ぽつん、ぽつんと音を立てるそれは、やがて間断なく続く雨音になった。

「降ってきたな」

慧斗の静かな声が、車内に響く。

「このまま二人で、どこかに泊まらない？」

思い切って姫之のほうから誘ってみた。この雨の降る世界の中で、彼と二人きりでいたかったのだ。

慧斗は少し驚いたような顔をしたが、やがて穏やかな笑みを浮かべる。

「いい提案だ。……けど、姫ちゃんのこと、ずっと離さないよ」

それが何を示しているのかわかってしまって、姫之は赤面する。けれど姫之もまた、同じことを考えていたのだ。

「いいよ」

慧斗を煽《あお》るように身体を擦りつけると、熱い口づけに襲われた。


少し山間《やまあい》に入った小さな温泉街に宿をとった。古いがよく手入れされており、清潔な宿だ。ただ、週末だったので、ダブルベッドの部屋しか空いていなかった。

「別に問題はありません」

チェックインの時にそう告げる慧斗の横で、姫之はいたたまれない思いに苛《さいな》まれ、赤面しそうになるのを必死で耐えていた。

案内された部屋は二間続きで、奥の部屋にベッドが置かれている。食事もおいしくて、姫之は少しだけ酒も飲んだ。

露天風呂で充分に温まり、浴衣に袖を通して奥の間に入る。すでに部屋の明かりは落とされ、間接照明に慧斗の姿が浮かび上がっていた。

「おいで」

伸ばされた腕に、素直に身を委ねる。その瞬間にカアッと身体が熱くなった。せっかく着たばかりの浴衣の帯を、慧斗の手が器用に解《ほど》く。

「ああ……」

肌が外気に晒《さら》される感覚に、思わずため息が漏れた。

「綺麗《きれい》だ」

大きな手が肌を這《は》う。腕から上半身、そして腰骨から太腿《ふともも》へと、彼の手は輪郭を確かめるように滑っていった。

「……ねえ、ごめんね」

「うん？」

ふいに謝る姫之に、彼は不思議そうに訊ねる。

「俺、初めては慧斗兄さんがよかった」

あんな男達に、無理矢理身体を開かれて快楽を覚えさせられるのではなく、慧斗の手によって悦びを知りたかった。そんなことを言っても、仕方がないのだけど。

「いいんだよ、そんなこと」

慧斗は姫之の唇を軽く啄む。

「俺はもう、姫ちゃんのすべてをもらうつもりでいるから」

姫之の胸が苦しくなる。けれどそれだけではなくて、嬉しくて、胸の中が熱いものでいっぱいになって、もうどうにでもして欲しくなる。慧斗が望むなら、こんな自分でいいのなら、全部あげたい。

「あっ」

胸元に落ちた慧斗の唇に乳首を吸われ、姫之は声を上げる。敏感な突起は音を立てて吸われると、たちまち固く尖《とが》った。

「は、あ……あっ」

「可愛《かわい》いよ……。いつまでも舐《な》めていたい」

「そ、そんな、された…ら、あっんっ」

また乳首でイってしまう。ここで達すると、身体中がもの凄《すご》く切なくなるので、実を言えば苦手なのだ。

「そ、それ、やっ、あっ」

「気持ちよくない？」

「きもち、いい、けど……っ、あっ、あっ！」

舌先でぴんぴんと弾《はじ》かれる度に、腰の奥にずくずくと疼《うず》くような快感が走る。姫之は唇を噛んで仰《の》け反った。股間に繋《つな》がる快感は肉茎を張り詰めさせ、それが苦しそうに勃《た》ち上がる。

「また、そこでイく……っ」

「姫ちゃんは、ここが焦《じ》れったいから乳首でイくのが嫌なんだろう？」

「んあっ、あっ！」

慧斗の指が一瞬だけ肉茎を撫《な》でていく。直接的な刺激が心地よくて、もっと欲しいと腰が動くが、彼はもうそこを触ってくれることはなかった。

「あ、あ…あ、そんなっ……」

「今日も上手にここでイけたら、好きなところもうんとしゃぶってあげるよ」

「また、そんなこと……っ」

意地悪をされて、姫之の肢体がひくひくと蠢《うごめ》く。脚の間がじわりじわりと疼いて、中の肉洞まで痙攣《けいれん》した。姫之は興奮で頭が沸騰しそうになる。慧斗に虐《いじ》められるのが大好きだという、何よりの証拠だ。乳首だって、嫌だというわけではない。むしろ感じすぎてしまうから、腰が引けてしまうのだ。

「んっ……あ、あっ…あ」

慧斗に乳首を吸われ、姫之の背が浮き上がる。脳が痺《しび》れそうなほどに気持ちがよかった。乳首の先から広がる快感が全身を包み込む。

「あっ、あっ、あぁぁあ……っ！」

ぷっくりと膨らんだ乳首を執拗《しつよう》に虐められて、姫之は達してしまった。

「姫ちゃん……、本当は、乳首でイくのも好きだろう？」

「あっ…、す、すき、すきぃ…っ」

理性が熔《と》け崩れた隙にそんなふうに問われて、姫之はあられもない言葉を垂れ流す。

「いい子だ」

ご褒美をあげよう、と言われて、慧斗の唇が下がっていった。大きく開かされた両脚の間に、愛液にしとどにまみれた肉茎がそそり立っている。刺激を欲しがるそれを、慧斗は口の中に深く咥え込んだ。

「あ〜〜〜っ」

腰骨が灼《や》けつくような強烈な快感に貫かれる。姫之は身も世もない声を上げてめいっぱい仰け反った。敏感な肉茎は慧斗に舐められ、吸われて、びくびくと悶《もだ》えている。裏筋を舌全体で擦《こす》るようにされると、ひいひいと啜《すす》り泣いた。

「あ、あっ…ひ、ぃ、んあっああっ！　つ、強いのっ……、や……っ」

そこを虐めて欲しかったけれど、刺激が強すぎるとどうしたらいいのかわからない。姫之は喘ぎながらかぶりを振り、彼の愛撫《あいぶ》から逃れるように腰を退《ひ》いた。だが、がっちりと腰を抱え込まれてしまい、逃げられない。

「あっ、んっ――――！　んっ」

先端を吸われ、舌先でくじられて、びくんびくんと身体が震えた。こんなの我慢できない。

「あ、あ――――っイくっ、また、いっ、イく、〜〜〜っ」

再び襲い来る絶頂に、頭が真っ白になった。慧斗の口の中に白蜜を弾けさせ、それが飲み下される気配が伝わってくると、恥ずかしくてたまらなくなる。

「あっ、なんで、いつもそんなの、飲っ……」

「全部もらうって言ったろう。それに、まだ終わりじゃないぞ」

「ああ、ひゃっ……！」

イったばかりのものにまた舌を這わせられて、姫之は嬌声《きょうせい》を上げた。剝《む》き出しの粘膜をぬめぬめと舐め回されて、足先から甘い毒のような痺れが這い上がってくる。

「こ、し、熔けちゃ……っ」

吸われる度に熱い波のような快楽が込み上げてきて、姫之はああ、ああ、と喘ぐ。立てた両膝から力が抜けて、勝手にもっと外側へと開いてしまった。まるで、もっと舐めてくれと言っているようで恥ずかしい。

しまう。

最も鋭敏な先端をぬるぬると舐め回され、小さな蜜口を舌先で突かれて、思わず腰が浮いて

「っ、うっ、あっ…あっ……！」

「はっ、ひあっ…！　あ、も、ゆるし…てっ……！」

快感が強すぎてつらい。そう訴えているのに、彼の舌嬲《なぶ》りが止まる気配はまったくなかった。

「駄目だよ。して欲しかったんだろ？」

「そ…だけど、ああ、んんっ……！」

ぢゅる、と音を立てて吸われて、気が遠くなりそうになる。反った喉から嗚咽《おえつ》が漏れた。

「ア、イく…っ、イくぅ……っ」

「イってもいいけど、やめないからな」

「あああ、そんな…っあ…っ、んあああぁああ」

絶頂は突然訪れ、姫之は卑猥《ひわい》な声と共に極めた。噴き上げた白蜜はまた慧斗に飲み込まれ、後始末をするように丁寧に舌が押しつけられる。

「は、ひ……っ」

受け止めきれないほどの快感が広がって、姫之の身体中が桜色に染まった。そんな光景を、慧斗が愛《いと》おしそうに眺める。やっとそこから舌が離れたと思ったら、後ろを押し開かれ、その狭間《はざま》で息づく後孔を舐め上げられた。

「ああ……ああ…っ」

収縮する入り口をこじ開けるような舌の動きがたまらない。下腹がじゅわじゅわと疼き、早くそこに挿《い》れて欲しくて、姫之は誘うように腰をくねらせる。

「あ…う…ああっ…、慧斗、にいさ…っ、挿れ、て、ほし……っ」

「もう少し我慢しておいで」

彼は姫之の後ろを舐め蕩《とろ》かすばかりで、なかなか望みを叶《かな》えてはくれない。後孔をめいっぱい押し開かれ、露出した珊瑚《さんご》色の媚肉《びにく》にちろちろと舌を這わせられて、泣きながら腰を振った。

「ふぁあ…っ、や、もうっ、がまんできな…っ、むりぃ……っ！」

「ここに、挿れて欲しい？」

「んっ、いれ…て、おく、いっぱい、ずんずんって、して…っ」

わけがわからなくなり、自分がどんな卑猥な言葉でねだっているのかも理解できなかった。ただ、早く慧斗とひとつになりたい。彼の熱さを体内の奥で感じたいと、そればかりだった。

「姫ちゃんは悪い子だな」

慧斗の忍び笑う気配が伝わる。意地悪な彼の低く甘い声に、身体中がぞくぞくした。姫之は自身の手を伸ばし、脚を開いて、自分の後孔を押し開いて見せつける。そこはひっきりなしに収縮し、痙攣していた。

「悪い、子でいい…からっ、悪い子なら、お仕置きして…っ」

精一杯の媚態を晒すと、慧斗がごくりと喉を上下する。太腿を乱暴に摑《つか》まれたかと思うと、その中心に灼熱《しゃくねつ》の棒がねじ込まれた。

「んぁあぁぁあ」

ずぶずぶと押し這入《い》ってくる男根に耐えられず、姫之は最初の一突きで達してしまう。びゅくびゅくと弾けた白蜜が、互いの下腹を濡らした。

「ふあ、あっ、あっ！」

「……欲しかったんだろう？　そんな早くイったら、駄目じゃないか」

「ああっ、だって、だって、気持ちいいの、我慢できな……っ、んく、んううう…っ」

イったばかりの肉洞を、ゆっくりとかき回される。その快感は脳が痺れるほどだった。姫之の内部は慧斗をいっぱいに受け止め、うねり、奥へ奥へと誘い込む。

「そんなに煽ったら、抱き潰してしまうよ」

慧斗は思い知らせるように奥を突き上げてきた。最も感じる壁を男根の先端で捏《こ》ねられ、ごりごりと抉《えぐ》られて、姫之は目の前に火花が散るような快感を味わわされる。

「ああ――ひぃ――……」

「ずっとここを可愛がってあげようか。そうしたら、姫ちゃんはどうなるかな？」

「っ、あっ、あっ！」

姫之の内壁が蠕動《ぜんどう》し、慧斗のものに絡みついて締め上げる動きをした。沸騰する意識の中で、姫之は彼が言ったことを思い出す。慧斗は自身のことを獣のようだ、凶暴だと言っていたが、行為の最中に見せる責め方は、確かにそれを彷彿《ほうふつ》とさせるものがあるかもしれない。けれど姫之は、彼にならば何をされてもよかった。

「いい…、いい…よ、好きにして…、いっぱい可愛がって……っ、そこ、すき……っ」

「姫ちゃん」

慧斗に口を塞がれ、犯されるように舌を吸われる。そのまま腰を揺すられ、姫之は達してしまった。絶頂の声もすべて慧斗に吸い取られてしまう。

「んうぅ――…、う、う――……っ」

慧斗に組み伏せられた肢体はがくがくと痙攣していた。一際深く突き入れられ、彼が内奥で射精したのだとわかった。火傷《やけど》するほどの熱い飛沫《しぶき》で肉洞を満たされる。

「あっ、あっ、熱い…の、出てる……っ」

「――…っ、姫ちゃん…っ」

きつく抱きしめられ、姫之の全身が多幸感に包まれた。このままずっと彼と繋がっていたい。

「好きだよ、姫ちゃん、好きだ……」

彼の精でぬかるんだ肉洞をまたゆっくりとかき回され、姫之は啼泣《ていきゅう》した。

「あ、す、すき…っ、俺も好き、慧斗、にいさんっ……っ」

姫之は腰を浮かせ、何度もイく、イく、と訴えながら、体内を突き上げてくる快楽に我を忘れる。二人で獣欲の沼に沈んでいく。

夜明け前の一番濃い闇の世界の中で、互いの身体と心だけがそこに確かに存在しているものだった。


「――――引っ越す？」

「うん」

姫之は実家に戻り、両親と顔を合わせていた。両親の視線は、姫之の隣に座っている慧斗にちらちらと注がれている。

一緒に住もう、と言ってきたのは慧斗のほうだった。もう片時も離したくはない。一緒に朝も夜も迎えたい。そう言われて強く抱きしめられてしまったら、姫之にはもう嫌とは言えなかった。自分もまさに、同じ気持ちだったからだ。

「慧斗君、あの時は姫之が本当に世話になった。しかし、まさか君がこちらで姫之と再会していたとは――――」

父の戸惑ったような声に、慧斗は居住まいを正した。ちゃんとご両親に挨拶しないとね。と、まるで結婚の申し込みにでも行くように。

「姫之君は今、記憶を取り戻し、まだ不安定な状態にあります。彼から、時々あの時の夢を見ると聞きました」

「――――そうなの、姫之」

「うん、時々だけど」

淫夢を見る頻度は徐々に減ってきている。それは慧斗が献身的に面倒を見てくれるおかげだと思った。だが母は口元を手で覆い、蒼白《そうはく》になって椅子に身を沈める。

「大丈夫だって。俺はもう平気だから」

姫之は慌てて言った。

「そうです。姫之君のトラウマは、もう本人が克服できると思います。しかし、私が側についていれば、何かあった時にも対処できるでしょう」

「だから、慧斗兄さんと一緒に住むことにする」

両親は顔を見合わせて困惑の表情を浮かべる。

「でも、ご迷惑では」

「実を言うと、もう今でもほとんど慧斗兄さんの部屋にいるんだ。だからあまり変わりないっていうか」

「まあ……、ごめんなさいね、慧斗さん」

「まったく構いません。私も、弟ができたようで嬉しいですし、もともと気ままな一人暮らしでしたから、姫之君と暮らすのは楽しいです」

静かに微笑《ほほえ》みながら話す慧斗の隣で、姫之はなんだかくすぐったいような、気恥ずかしい思いに駆られる。

結局、姫之は慧斗と正式に同居することを了承してもらえた。あまつさえ慧斗は早いほうがいいと、その場で引っ越し業者を手配してしまった。

「あんまりにも話が早すぎじゃない？」

慧斗が運転する帰りの車の中で、姫之は半分呆れたように言う。

「俺もせっかちだからな」

「そうだっけ？」

「姫ちゃんと一緒に暮らせると思ったら、もう待てなかった」

慧斗の小さく笑う横顔を見て、姫之の顔が思わず赤くなった。彼はこんなふうに時々性急な様子を見せて、それが姫之を戸惑わせる。

「……ええと、大学に現れた新田って人のことだけど」

それを誤魔化そうとして、姫之は話を変えた。

「ああ、どうなったんだ？　おとなしくなったか？」

案の定、慧斗はすぐに食いついてきた。

「なんか、いつの間にかいなくなったよ」

「いなくなった？」

「俺の友達がとってるゼミに助手としていたんだけど、ある日姿が見えなくなったんだって。教授に聞いたら、家庭の事情でやめたって」

「――――ふうん」

いなくなったのならいいが、と慧斗は神妙な顔をする。

「慧斗兄さんの脅しが効いたのかもね」

「聞き捨てならないな」

慧斗は前を向いたまま笑ってみせた。

「脅しなんかじゃないよ」

その言葉に、姫之はそっと肩を竦《すく》める。そう、彼は本気なのだ。姫之にとって優しくて穏やかな兄のような彼の中には、あんな獰猛《どうもう》な獣のような衝動が秘められている。姫之は、彼に気づかれないように、そっと身体を震わせた。怖くて震えているのではない。高揚したのだ。

――――俺は、悪い子だから。

だから、そんな彼を独り占めしてしまうことに胸を高鳴らせてしまうのだ。

昔の夢を見ることも少なくなった。それらはこのまま、姫之の中から消えてしまうのだろう。

「慧斗兄さん」

「ん?」

「ありがとうね」

あの時、庭で泣いている俺を見つけてくれて。俺を救ってくれて。

「それは俺の台詞《せりふ》だ」

彼はちらりと姫之に視線を投げてそう答える。

「あの日、俺の家の庭で泣いている君を見つけた時から、俺はきっとこの子のために生きることになるだろうと、そんな予感がしていた」

「……慧斗兄さん」

まったく慧斗はずるい。そんなことを言われたら、こちらはどうにもならなくなってしまうではないか。

車が信号で止まる。その瞬間、姫之は身を乗り出して、慧斗の唇にそっと自分のそれを重ねる。驚いたように目を見開いた彼の表情を見て、少しだけやり返せたような気がした。

怠惰と淫蕩

両親が来た時のために、姫之《ひめゆき》の部屋には一応シングルベッドが置いてあるけれども、それが使われたことは数えるほどしかない。セックスをするしないにかかわらず、姫之はほとんどの夜を慧斗《けいと》のセミダブルのベッドで過ごしていた。

「――……」

今は何時くらいだろうか。寝室には分厚い遮光カーテンがかかっているため、外の光は部屋の中までは入って来ない。けれど陽《ひ》が昇れば、昼間の気配は伝わってくる。

姫之は慧斗の腕の中で目を覚ました。ちらりと上を見ると、彼の男らしく端整な顔立ちが目に入る。昨夜も、熱っぽく睦言《むつごと》を囁《ささや》かれ、身体《からだ》が熔《と》けるのではないかと思うほどに甘く激しく抱かれた。今もまだ腰が怠《だる》い。そして姫之は、こんなふうな目覚めが嫌いではなかった。

（あんなことがあったっていうのにな）

まだ姫之の心の隅に巣くっている小さな澱《おり》。町の男達から受けた陵辱は、その行為をひどく忌まわしいものとして記憶している。だが、慧斗とするそれは、まったく違う行為のように思えた。

――同じわけがない。あんなふうに、あんな……。

姫之の敏感なところに這《は》わせられる指や舌、そして雄々しい男根は、姫之を恍惚《こうこつ》の淵《ふち》へと誘ってくれる。

慧斗とするセックスが好きだ。

姫之はそれを、今やはっきりと自覚している。

「――――おはよう」

突如降ってきた声に、はっとして顔を上げた。目を覚ました慧斗がこちらを見下ろしている。

「おはよう。慧斗兄さん」

「ああ」

大きな手が、姫之の前髪をかき上げた。彼の指先が髪に触れただけで、そこがじん、と熱を持ったようになる。こんなことは、慧斗でなければありえなかった。

「今日はどうする？　買い物にでも行こうか？」

休日には、慧斗はこんなふうに必ず聞いてきてくれる。彼の提案でどこかへ行くこともあるが、姫之の希望が優先された。もちろん、この部屋でゆったりと時間を過ごすことも多い。そして、今のような。

「あの……あのさ」

「うん？」

それでも、姫之からこういうことを言うのは、やはりまだ恥ずかしい。口ごもって言葉を探していると、慧斗が忍び笑うような気配がした。

「今日はこのまま……、エッチなことしようか」

その囁きの熱さ、淫靡《いんび》さに、姫之は思わずどきりとする。ゆっくりと彼と目を合わせた。

「うん、したい」

「いい子だね」

素直にねだったことを褒められているのだ。そんなふうに言われると、甘えたくなる。姫之は彼の首に両腕を回し、口づけをねだった。

「ん、ン…ん」

唇を塞がれ、熱い舌が口腔《こうこう》に侵入してくる。それが粘膜を舐《な》め上げてくると、ぞくりと背中が震えた。それは腰の奥まで降りて、昨夜さんざん可愛《かわい》がられた腹の中まで響く。

「あっ……」

胸元を這い回る大きな掌《てのひら》が、ぷつんと勃《た》った突起に触れる。

「まだ朱《あか》いな」

「あっ…あっ」

指先で摘《つ》ままれてくりくりと弄《いじ》られ、そこはたちまちふっくらと膨らんだ。

「すぐに大きくなるね」

「あ、だっ…て、昨夜、いっぱい…っ」

「ああ、そうだね。姫ちゃんは昨夜ここでたくさんイったね」

　昨夜、慧斗に乳首をさんざん舐めしゃぶられたり、指で転がされたりして虐《いじ》められ、姫之は乳首だけで何回も達してしまった。もともと敏感だったそこを過剰に責め抜かれて、途中からわけがわからなくなったことをうっすらと覚えている。なので、そこはまだその時の感覚が残っているというのに、慧斗はまた姫之の乳首を弄ってくるのだ。

「あ、ぁあ……うう…っ」

　ぴん、と尖《とが》ったそれを口に含まれ吸われると、泣きたくなるような切ない快感が込み上げてくる。乳暈《にゅううん》をくすぐられ、舌先で転がすようにされて、昨夜の強烈な快感が甦《よみがえ》った。

「あ、ふぁ、ああ……っ、ま、また、イっちゃうよぉ…っ、そこ…っ」

　すでに寝乱れたシーツの上で、姫之は身体を仰《の》け反らせて悶《もだ》える。乳首だけを執拗《しつよう》に愛撫《あいぶ》されて、脚の間のものが苦しげに張りつめた。そこは触れられていないというのに、どうしてだか快感が伝わってくる。先端から愛液がとろとろと滴った。

「ここ、もうぐっしょりだよ、姫ちゃん。そんなに気持ちいい？」

　慧斗の煽《あお》る声。恥ずかしい。けれど、その恥ずかしさが興奮に変わっていくことを、姫之はもう知っている。

「き、きもち、いい、好き…っ」

　ぷくんと膨らんだ乳首をぬろぬろと舐められ、背筋に立て続けに快楽の波が走った。姫之はあっ、あっ、と喘《あえ》ぎながら腰を捩《よじ》り、力の入らない指でシーツを握りしめる。腹の奥からじゅわじゅわと快感が広がっていった。そして、一際大きな波がぐぐっ、とせり上がってくる。

「っ、あ————～っ、あ…っ！」

姫之の肢体がびくんびくん、と揺れた。性器や後ろで達するのとはまた違う絶頂に全身を支配される。けれど、乳首で極めると身体の中がきゅううっと引き絞られるように収縮して、耐えられないほど切なくなってしまう。ものすごく気持ちがいいのに、焦《じ》れったい。

「ふあっ、あんんっ、ちくび、イくっ、イくっ……！」

卑猥《ひわい》な言葉が口から漏れた。股間のものがびくびく震えて、先端から愛液を零《こぼ》す。そんな姫之を見つめる慧斗の手が、頭を愛《いと》おしげに撫《な》でてきた。

「可愛いよ姫ちゃん。こっちの乳首でもイってみようか」

「は、ア、やああ、あ、ア————、んんっ」

もう片方のそれも、舌先で優しくねぶられる。まだイっている最中にそんなことをされると、姫之の身体はひどく歓《よろこ》んだ。

「ああ、も…っ、慧斗、にいさん、やらしい……っ」

「知らなかったのか?」

慧斗はしれっと答えながら、じゅううっ、と姫之の乳首を吸い上げる。その刺激に思わず上体が反り返った。

「ああ、ぁうう……っ」

「俺がいやらしいことなんて、姫ちゃんはとっくに知っていたと思っていたけどな」

「しっ、てたけど…っ、んぅ、あぁんんっ」

立て続けにイかされて、姫之は慧斗の前に媚態《びたい》を晒《さら》す。彼はとても楽しそうだった。

「可愛い。好きだよ」

姫之が絶頂に震えていると、慧斗が耳元に口づけながら囁いてきた。そうされると、身体の中が慧斗への感情でいっぱいになって、ふわあっと浮き上がりそうになる。

「あ…っ、すき、俺も好き」

「……もう一回言ってくれ」

「――…っ、すき、だよ」

はあはあと苦しい息の下で言うと、慧斗はどこか苦しそうな、それでも嬉《うれ》しそうな顔をした。以前は彼がそんな顔をするのが少し不思議だったが、今ならわかる。姫之も彼に抱かれると、過ぎた快楽が苦しい時がある。けれどそれもまた嬉しいのだ。多分、それと同じようなものだと思う。

「ああ、姫ちゃん――、めちゃくちゃにしたいな」

耐えかねる、とでも言いたげな慧斗の声が聞こえた。何を言ってるんだろう。彼はいつも姫之をめちゃくちゃにしているのに。けれどそう囁かれた時、腰の奥がきゅううっ、と収縮した。

「――いいよ。してほしい……」

で見上げた。

慧斗の前で身体が開いていくのがわかる。驚いたような顔をする彼を、姫之は熱に潤んだ瞳

「……どうなっても知らないぞ」

慧斗の声が低くなる。そこに獰猛《どうもう》な欲望の響きを感じて、身体の芯が熱くなった。すると突然両脚を大きく開かれて、股間に顔を埋《うず》められる。

「ふあっ、ああっ――――～っ！」

それまで放っておかれた陰茎を口に含まれ、じゅううっ、と音を立てて吸われ、腰骨が一気に灼《や》けつくような快感に包まれた。つま先が甘く痺《しび》れて、下半身がたちまち熔ける。

「っ、あっ、ああぁあっ！　は、イく、イくううう……っ！」

さっきまで乳首だけを責められ、もどかしさにおかしくなりそうだったそこをいやらしく舐めしゃぶられてはたまったものではなかった。姫之は腰をびくびくと波打たせながら、あっという間に達してしまう。

「ああぁ、あぁ――――……っ」

腰の奥で快感が爆発した。焦らされ、たっぷりと溜《た》め込んだ白蜜が慧斗の口の中で弾《はじ》ける。精路をもの凄《すご》い勢いで蜜が駆け抜けていく感覚が、気持ちよくてどうしようもなかった。

「んぅう、あ、あっ、あっ」

蜜口から出るそれを、慧斗がためらいもなく飲み干していく。恥ずかしいのに、脳が沸騰し

そうなほどに興奮していた。

「ああっ、あああっ、ま、だ、舐める、のっ……」

慧斗は射精した姫之のものを清めるように、丁寧に舌を這わせていたが、また根元からねっとりと舐め上げられて、腰が抜けそうに感じさせられる。

「ここ、ずっとお預けさせていたろう？　……その分、可愛がってあげないと」

「……っあっ、あんんぅぅ」

鋭敏なところに慧斗の舌が這い回った。イったばかりで敏感になっているというのに、慧斗はお構いなしに舐めたり、吸ったりしてくる。あまりの快感に姫之の目尻に涙が浮かんだ。

「ああ、溢《あふ》れてくるのが止まらないね……」

「ん、う、ぁうう、ああっあっ、いい……っ」

腰が勝手に痙攣《けいれん》する。快感が強すぎて下半身が無意識に逃げを打つが、慧斗に両腕でがっしりと摑《つか》まれて引き戻される。そして、逃げた罰だとばかりに、強く弱く吸い上げられるのだ。

「あああぁあぁあ、っ、〜〜〜っ」

はしたなく声を上げて、姫之は仰け反る。口の端から唾液が溢れて滴った。

「あっイくっ……、ま、また、イくぅぅっ、んあぁぁあ」

恐ろしいほどに容易《たやす》く追い上げられて、姫之は泣き声を上げる。全身が悦《よろこ》んでいた。がくがくと下肢を震わせながらまた吐精して、身体が浮き上がるような快感に多幸感を得る。

「んあぁ、あ…っ、こ、こんなの……っ」

「────姫ちゃん」

慧斗はようやく姫之のものから口を離した。股間よりもさらに奥を、ゆっくりと押し開いてくる。

「ここ、自分で開いていてごらん」

「ん、え……っ？」

法悦に蕩《とろ》けていた頭が、ようやく慧斗の言っていることを理解した。とんでもなく恥ずかしいことをさせられようとしているのに、彼の前で限界まで双丘を開き、その場所を両手で広げて露《あら》わにする。恥ずかしさのあまり、身体が燃え上がりそうだった。

「そうだよ。いい子だね」

「……は、はずか、しい…っ」

「姫ちゃんのここ、すごくヒクヒクして欲しがっている……。昨日たくさん可愛がってあげたから、乳首と一緒で少し膨らんでるね。ここも舐めてあげよう」

「あっ、あぁぁっ…、ふうぅっ」

引っ切りなしに収縮を繰り返す後ろに、ぴちゃりと舌が押し当てられる。

「あ、ふ、んぁ、あぁぁ…っ」

じいん、とした快感が生まれたかと思うと、中の肉洞が勝手に蠢《うごめ》きはじめた。

「うう、あっ、あっ」

　ぴちゃ、くちゅ、といやらしい音が聞こえてくる。入り口を舐められると、下腹の奥が炙《あぶ》られるような快感に襲われた。体内がきゅん、きゅんと引き攣《つ》れるようにわないている。口淫されて射精し、多少柔らかくなった姫之のものは、すぐに張り詰めてそそり立った。

「あっ、あっ……あ、そこ、おかしく、なる……っ」

　後ろを舐められる度に、身体の芯が疼《うず》いてしまう。そこに早く挿《い》れて欲しくて、姫之は誘うように腰を揺らした。中に唾液を押し込まれるようにされると、肉洞が甘く痺れる。

「くう、ああ、ゃうう…っ」

　もう我慢できない。慧斗兄さんのを挿れて、かき回して欲しい。

「ああ、ね、もう、挿れて…っ、ここ、可愛がって……っ」

「可愛がってるじゃないか」

「そ…じゃ、な、あ、もう、欲し…っ」

　姫之は慧斗にその気になって欲しくて、両手でもっと大きくそこを広げて見せた。うねるように開閉を繰り返す後孔が露わになる。

「……悪い子だな」

　さっきはいい子だと言ったのに、彼はそう言って低く笑った。

「姫ちゃんの誘惑に勝てるわけない」

内股を摑まれて、ひくひくと蠢く場所に熱いものが押しつけられた。その瞬間、腰から背中にかけてぞくぞくとするのが止まらなくて、姫之は思わず喘ぐ。

「あ、あ」

「今あげるよ」

後孔に当てられたものが、肉環を押し開いて入ってきた。たっぷりと舐め蕩かされた場所をこじ開けられて、強烈な快感が姫之を貫く。

「ふあ、ああぁううっ！　〜〜〜っ」

挿入の刺激に耐えられない。収縮する媚肉を擦《こす》り上げられて、姫之は最初の一突きで極めてしまった。張り詰めて揺れる陰茎の先端から、白蜜が弾ける。

「くう、ううう――っ」

昨夜の行為によって内部に残った慧斗の精が挿入を容易くさせ、最初から奥まで受け入れてしまう。

「あっ、あっ、奥ぅっ…！」

「ここ、好きだろう？」

慧斗はゆっくりと律動を開始した。入り口近くから奥のほうまで突き入れられ、その度に宙に放り出されたつま先がぶるぶると震えてしまう。あまりの快楽に、足の指が開ききっていた。

「あっ……うっ…あぁあぁ……っ、――……っ」

ぐちゅ、ぬぷ、と卑猥な音が繋《つな》ぎ目から響く。

「ああっ…、やぁ…あっ、おとっ…！」

「姫ちゃんのここが、嬉しいって言っている音だね。可愛いよ」

「あ…あ、あああぁ……っ、き、もち、ぃ…い……っ」

慧斗の抽挿に合わせ、姫之の腰も淫らに動いた。深く突き入れた彼の男根の先端が、時折姫之の最奥に当たって捏《こ》ね回してくる。それがたまらなかった。

「あ、ひぃ、ア、……そ、そこっ……」

「……ここ、ぐりぐりされるの、好き？」

「ん、す…すき…ぃっ、あ、おなかっ、熱いっ……！」

深い奥のところを可愛がられると、そこがうねるように反応する。この先に、最も駄目になる場所があるということを、姫之は知っていた。男根の先で探ってくる慧斗が、そこに入りたがっているということも。

「ああ……そこっ……、おかしく、なる」

「なっていい。姫ちゃん。全部欲しい」

優しい慧斗がひどく強欲だということももう知っている。そして姫之は、彼に欲しがられることが嬉しかった。この身体全部明け渡して、慧斗に思うさま貪って欲しい。

「いい、けど、そこ、されると……絶対変になるから……、引いたりしないでね」

「するもんか」

「あっ」

慧斗は姫之の上体を抱きしめ、抱え上げた。彼の膝の上に乗るような体勢になってしまい、自重で深く受け入れてしまう。そしてその瞬間、姫之の最奥がくぱり、と開いた。

「――ああ、あ――～～」

「俺に抱かれて我を忘れる君は……こんなに可愛くて、興奮するのに」

ごりっ、と奥を抉《えぐ》られ、かき回されて、あまりの快感の強さにぶわっ、と涙が溢れ出す。双丘に指が食い込むほどがっちりと摑まれ、ゆっくりと揺さぶられると、頭の中が真っ白になった。

「っ……、吸いついてくる。すごいね…っ」

「くう――う、あ、は、ひぃ……ああっ」

苦しいくらいに気持ちがよくて、こわい。そんな姫之の濡《ぬ》れた唇を、慧斗は深く塞いだ。

「んん――んう……っ、ふうぅう…っ」

舌を塞がれながら揺らされて、奥を捏ねられると、息がとまりそうになってしまう。

（意識、とびそう）

びくっ、びくっ、と全身が跳ねているから、もしかしたらずっとイっているのかもしれない。

姫之自身にも、自分がどうなっているのかよくわからなかった。ただ途方もなく気持ちがよくて、幸せだということしか。

「……っ姫ちゃん――、好きだ――好きだよ」

「んん、あっ、ア！」

熱にうかされたような慧斗の言葉が耳から入ってきては体中に染み渡る。指先までびりびりと痺れるようだった。気持ちよくて、切なくて、嬉しい。

「ああ――……、死に、そう」

「俺もだよ……」

慧斗の息も絶え絶えという声が聞こえる。さすがに彼もこの状況では平静ではいられないようだ。そんなことを思っていると、身体の底からこれまでで一番大きな波が込み上げてくる。

「んんあぁ、は、ア、あぁあぁ――〜――…っ」

もう自分がどんな声を出しているのかわからない。けれど姫之は意識を失う寸前、体内の奥深くに放たれた慧斗の熱を、確かに感じた。

「……しばらく動けない」

「わかった。じゃ、風呂に入ろうか」

慧斗はそう言うと、姫之を軽々と抱き上げて浴室へと運んでいった。

「俺が全部やるから、姫ちゃんは何もしなくていいよ」

そう言って姫之を浴室の椅子に座らせ、いそいそと身体を洗い始めた慧斗はなんだか嬉しそうだ。姫之は本当に何もしていないのに、身体から髪まで洗ってもらって、至れり尽くせりだ。

「流すから目をつむってくれ」

「ん」

姫之が目を閉じると、頭から温かい湯がかけられる。泡をすっかり洗い流してしまうと、二人でバスタブに入った。慧斗に後ろから抱きかかえられるようにして手足を伸ばす。

「腹減らないか？　何か食いに行こうか」

「うーん……、寿司がいい。回るやつ」

「回らないほうでもいいんだぞ？」

「そっちのほうが気楽でいいんだよ」

慧斗の腕の中で笑って答えた。彼は苦笑して、姫之の濡れた髪をかき上げてくる。

これからどのくらい、こんな生活が続いていくのだろう。こんな幸せな、ただ愛して愛されている暮らしは、幸せすぎてなんだかぎこちない。過去の闇はすっかりなくなったわけではないけれど、ちゃんと前を向いて歩いていける。慧斗の助けを借りてもいいのだと、彼に教えられたから。

「――明日は、散歩にでも行こう。そのへんをぶらぶら歩いて、疲れたらカフェにでも入って」

そんな何気ないことを、たくさん二人でしよう。

「……うん」

うっかりすると涙ぐみそうになったので、姫之は慌てて湯で顔を洗った。

あとがき

こんにちは。西野花《にしのはな》です。「催淫姫」を読んでいただいてありがとうございました！

この話はいつもの私のやつとはちょっとだけ雰囲気が違う感じですかね。でもこういう、話の中に漂うちょっとだけ薄暗い感じとか、閉じた世界っぽいのはけっこう好きだったりします。担当さんとお話していて、何かの拍子で「催眠ものっていいね」って話になって書き始めたのだったと思います。いつもと違うと言えば、常の私ならばこういうレアな能力を持っているのは受けのほうが多いですね。

挿絵を描いてくださった古澤《ふるさわ》エノ先生、ありがとうございました！　古澤先生の絵柄の繊細な感じが、この話にも合っていると思いました。姫之の可愛らしい感じとか、慧斗のイケメンさとかがとっても好きです！

ひどい言い方ですが、私は倫理観がけっこうガバガバで、「コンプラ？　なにそれどの天ぷら？」みたいな感じで犯罪っぽいカプが好きで、受けが攻めのことをお兄ちゃんとか呼んでいるのが非常に性癖です。

担当様もいつも面倒見てくださりありがとうございます。見捨てないでくださるあたり、感謝してもしきれません……。

この本は二〇二一年最初の本になります。昨年は本当に大変な年でした。色んな価値観とか習慣とかが変わって、世の中いったいどうなっちゃうんだろうとか思いました。多分まだまだ混乱していると思いますが、それでも楽しいこととかを見つけたり探したりするのはやめられないと思います。今年はもうちょっと落ち着いてそれができるといいですね。個人的に、昨年はモチベーションを保つのが難しくて、でも周りのどの職業の人もそう言っていたような気がします。今年はがんばります。楽しいことをするためにも。あと今年はもうちょっと自炊をしたいですね！　ヨ〇〇イが便利すぎる……。

それでは、またお会いしましょう。

西野　花

Twitter ID hana_nishino

この本を読んでのご意見、ご感想を編集部までお寄せください。

《あて先》〒141-8202　東京都品川区上大崎3-1-1　徳間書店　キャラ編集部気付
「催淫姫」係

【読者アンケートフォーム】
QRコードより作品の感想・アンケートをお送り頂けます。
Chara公式サイト http://www.chara-info.net/

■初出一覧

催淫姫……小説Chara vol.42（2020年7月号増刊）
記憶の忘却の代償……書き下ろし
怠惰と淫蕩……書き下ろし

催淫姫……【キャラ文庫】

2021年1月31日　初刷

著者　西野花
発行者　松下俊也
発行所　株式会社徳間書店
〒141-8202　東京都品川区上大崎3-1-1
電話　049-293-5521（販売部）
　　　03-5403-4348（編集部）
振替　00140-0-44392

印刷・製本　図書印刷株式会社
カバー・口絵　近代美術株式会社
デザイン　おおの蛍（ムシカゴグラフィクス）

ISBN978-4-19-901017-0